수정 호수의 마녀 1

사트 장편소설

수정 호수의 마녀 1

요가와 책

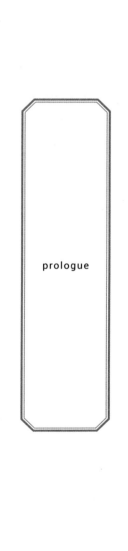

prologue

움직여야 할까? 아니면 멈춰서 기다려야 할까?

눈을 떴을 때 둘 중 어느 쪽을 선택할지 판단해야 했다. 사방이 깜깜했고 천지를 분간할 수 없었다. 움직이거나 혹은 멈추거나, 할 수 있는 건 두 가지뿐이었다.

일라는 움직이지 않는 편을 택했다. 머릿속에 떠오르는 정보가 전혀 없었다. 기억의 창고가 텅 비어버린 듯 기이한 공백이 계속되었다.

인내심을 가지고 기다렸지만, 시간이 흘러도 자신이 누구인지 이곳이 어디인지 알아차리고 안도의 숨을 내쉬는 순간은 오지 않았다.

일라는 다시 한번 골똘히 생각했다.

삶을 영위하는 모든 생명이 그렇듯, 결국 나아가는 것 외 다른 방법이 없음을 깨달았다.

chapter

01

———

소본의
왕녀

I

커다란 청동 거울 앞에 섰다. 거울 속 소녀가 가만히 자신을 바라보고 있었다.

둥근 공 같았다.

눈코입이 새하얀 살집에 뒤덮여 잘 구분되지 않았다. 비취색 장포를 걸친 몸이 진흙을 두른 듯 둔중하고 무거웠다.

침상에서 거울까지 몇 걸음 걷지 않았는데 벌써 숨이 찼다. 비록 차분해질 수 없는 상황이라는 걸 고려해도 기능이 떨어지는 불편한 몸이 아닐 수 없다.

"흠흠."

뒤에서 걱정스럽게 그녀를 살피던 중년의 여자가 헛기침 소리를 냈다.

머리카락을 단정하게 뒤로 넘긴 여자는 내전 살림을 책임지고 여관들을 감독하는 '지소부인'이라고 했다. 마르고 각진 턱에 눈매와 입술이 얇았다. 노력으로 만든 온화함이 아니었다면 야멸차게 보이는 얼굴이었다.

지소는 큼지막한 옷깃을 댄 자주색 저고리에 복숭아색 주름치마를 입었다. 수수했지만 활동하기엔 편해 보였다.

거울 속 비단옷으로 감싼 둥근 공을 다시 보았다. 지소만큼이나 생소한 얼굴이었다. 맥박이 빠르게 뛰면서 식은땀이 흘렀다.

"왕녀님, 괜찮으신가요?"

지소 옆에 서 있던 소녀가 물었다. 넓은 허리띠로 소매가 짧은 상아색 무명 저고리를 단단하게 여민 차림이었다.

일라는 목소리를 가다듬고 두 사람에게 말했다.

"괜찮아요. 아픈 곳은 없어요."

지소가 수심 가득한 얼굴로 재차 확인했다.

"왕녀님, 정말 아무 기억도 떠오르지 않는 겁니까? 제 얼굴도, 이름도 생각나시지 않는다고요?"

"전혀 모르겠어요."

일라의 말에 지소가 깊은 한숨을 쉬었다.

아맥의 제후국, 소본의 하나뿐인 왕녀 일라는 열병으로 사경을 헤매다가 간신히 목숨을 건졌다. 사흘이 지나서 눈을 뜬 그녀에게 남아있는 기억은 없었다. 먹고, 자고, 읽고, 쓰고, 말하고, 생각하는 능력은 그대로였지만, 자신에 대해서만큼은 아무것도 기억하지 못했다.

그녀가 앓았던 열병이 무엇인지 어의는 끝내 밝혀내지 못했다.

열네 살이 된 일라는 아맥의 황태자 누한과 약혼한 사이였다.

철후 작위를 가진 소본의 제후이자 일라의 아버지인 함달은 일라의 어머니 담혜가 세상을 떠난 후 아맥의 수도 아르로 거처를 옮겼다. 황실에 기거하며 이따금 서신을 보내는 것이 고작이라서 밖에서 일라를 만난다면 과연 딸의 얼굴을 알아볼 수 있을지 의문이었다.

함달을 대신해 소본을 다스리는 이는 세 사람의 삼관이었다.

흉흉한 소문이 생길까 우려했던 소본의 가신들은 일라가 병의 후유증으로 기억을 잃었다는 사실을 함구하기로 했다.

지소가 말했다.

"왕녀님의 병증으로 삼관의 우려가 깊습니다. 당장은 몸을 보전하시고 기억을 회복하시는 데만 집중하세요."

그리곤 덧붙였다.

"뭐든 필요하신 것이 있다면 여기, 마리에게 말씀하

십시오. 외방에 있는 내전 여관들에게 명하셔도 좋습니다."

지소 옆에 선 소녀가 일라를 향해 허리를 숙였다.

날씬하게 키가 크고 골격이 반듯했다. 아직 타고난 성정을 숨기지 못하는 얼굴에 주근깨가 두드러졌다.

마리는 방 한편에 놓인 방석에 앉아 온종일 일라를 주시하면서 꼼짝도 하지 않았다. 일라의 지시를 기다리는 것 외에 다른 할 일은 없는 것 같았다.

지소가 방을 나간 후 일라는 침상으로 돌아왔다.

둔한 몸을 가누기 쉽지 않았다. 몸을 구부리거나 돌릴 때마다 느릿느릿 한참 걸렸다.

몸에 불필요한 지방이 너무 많았다. 펄럭거리는 치마 저고리와 주렁주렁 매단 금 장신구 때문에 더욱 거추장스러웠다.

일라는 바닥보다 높이 올려진 침상에 다시 누우려고 했다. 다리가 올라가지 않았다. 조금 더 높이 발을 들다가 그만 침상 밖으로 쿵 엉덩방아를 찧고 말았다.

"왕녀님!"

마리가 달려왔다. 순간 일라는 마리의 일이 무엇인지 확실히 알 것 같았다.

마리는 이런 일을 만 번쯤 했다는 듯, 익숙하게 일라의 몸을 부축해 침상에 눕히곤 팔다리를 주물렀다.

열병을 심하게 앓았다는 걸 제외하면 일라의 건강은 대체로 양호했다. 미약하나마 '마야'을 가진 어의가 정기적으로 그녀를 검진했다.

선천적인 지병도 없는데 이토록 형편없는 체력이라니.

일라는 마리의 도움으로 몸을 일으켜 침상에 앉아 상황을 이해하려고 애썼다.

자신이 누구인지 망각해 버린 그녀로서는 눈에 보이는 세상이 현실인지 갈피를 잡을 수 없었다. 그녀가 깨어난 세상은 다른 사람의 옷을 입은 듯 어딘가 맞아떨어지지 않았다.

고즈넉한 궁전과 네모반듯한 방, 단정하게 칠을 한 회벽과 나무 기둥, 정교한 문양 사이로 은은하게 빛이 들어오는 넓은 창, 섬세하게 마무리한 가구, 화려한 무늬가 새겨진 화병, 그리고 부축받지 않으면 거동하기도 버거운 몸과 '해일라'라는 자신의 이름까지.

일라는 자신이 누구인지 알지 못했다.

뜻하지 않은 재해로 모든 걸 잃은 난민처럼 남아있는

기억은 없었다.

그녀에게는 시간이 사라진 영원한 현재뿐이었다. 지나온 길은 끊겼고 미래로 나아가는 길은 아직 만들어지지 않았다.

분명하게 알 수 있는 건, 머릿속이 백지가 되어버린 채 외계의 별처럼 낯선 세상에서 살아가야 한다는 사실뿐이었다.

갓 태어난 망아지가 오직 본능만으로 땅을 딛고 서는 것처럼 그녀 내부에서 살아 숨 쉬는 갈망을 따라 발을 옮겨야 했다.

고귀한 왕녀에게도 삶이 팍팍한 평민 소녀에게도 살아남아야 한다는 전제만큼은 공평했다.

동대륙 북부 대부분을 차지하는 강대국 아맥은 중앙을 가로지르는 아르강을 경계로 서부와 동부로 나뉘었다.

서쪽으로 낮고 광활한 평원이 이어지다가 간혹 고원과 구릉 지대가 보였고 동부와 북부에는 높고 거대한 산맥이 동쪽으로 뻗어 있었다.

소본은 동대륙 중에서도 동북부 끝자락에 위치했다.

자작나무와 버드나무가 울창한 숲 지대로 국토 대부

분이 침엽수림으로 뒤덮인 험준한 땅이었다.

농사지을 토지가 많지 않았지만, 대신 숲에는 물과 사냥감, 땔감과 각종 임원이 풍부했다. 숲은 의외로 기후 조건이 안정되고 재해에도 강한 내성을 가졌다.

소본에는 바다처럼 파도가 치는 거대한 호수가 있었다.

물이 어쩌나 맑고 투명한지 호수 속에서 사는 동식물이 훤히 보였고 깊은 곳에서는 따뜻한 온천수가 흘러나왔다. 파랗다 못해 보라색을 머금은 호수의 수평선 위로 새파란 하늘 외엔 아무것도 보이지 않았다.

호수 덕분에 소본은 사계절 내내 물이 부족하지 않았다. 호수 주변은 사람이 거주하기에도 좋았다.

수정궁은 호숫가에 자리를 잡은 소본의 수도, 소본성에서 가장 크고 아름다운 궁전이었다. 호수와 이어진 강 상류에 지어져 전나무와 자작나무 숲이 우거진 길을 따라 한참 올라가야 비로소 모습을 드러냈다.

일라는 수정궁에서 태어나 한 번도 궁 밖을 나가 본 적이 없었다. 수정궁에서 가장 깊숙한 북쪽, 장향전에 몸을 숨기듯 지내면서 제 손으로 세수 한번 하지 않았다. 옷을 입을 때도, 밥을 먹을 때도, 차를 마실 때도 왕녀인 그녀를 위해 여관 여러 명이 동원되었다.

덕분에 몸을 움직이는 근육이 약해질 대로 약해졌고 등이 뒤집힌 거북이처럼 혼자 할 수 있는 일이 하나도 없었다.

내전 여관들이 씻겨주고 입혀주고 먹여주는 대로 몸을 맡긴 채 일라는 아무 일도 하지 않으면서 하루를 보냈다. 서책을 읽는 소일거리를 제외하면 별다른 취미도 없었다. 몸이 약해서였는지 산책도 하지 않았고 사람들과의 내왕도 즐기지 않았다. 심지어 내전 여관들과 노닥거리는 일도 없었다.

소본의 가신들은 열병을 앓았던 그녀에 관해 쓸데없는 소문이 날까 염려한다는 이유로 외부인의 내전 출입을 금했다. 그곳을 드나들던 몇 명 되지 않던 귀족들마저 발길을 끊었다.

그래도 얼마간은 잃어버린 기억을 채워 넣느라 분주하게 지낼 수 있었다. 궁중 예법을 다시 익히고 내전을 드나드는 관리들의 이름을 외우는 일이 만만치 않았다.

일라는 지소가 가져온 많은 양의 두루마리를 숙지했다. 보안을 위해서였는지 교사는 두지 않았다. 지소가 일주일에 한 번 날을 잡아 일라의 학습을 점검했고 오랜 여관 경험을 가진 위지와 마리가 일라를 도왔다.

굴곡 없는 목소리에 길고 가느다란 눈을 가진 위지는 궁전 규율에 해박했다. 마리는 내전 여관 중에서 유일하게 일라와 동갑이었다.

장향전 일라의 방은 가로세로 각각 열 자 크기의 사각형이었는데 동서남북으로 네 개의 외방으로 둘러싸여 있었다.

사방 외방에는 내전 여관들이 있었다. 내전을 드나드는 여관은 대략 스무 명 정도로, 시간에 맞춰 교대로 자리를 지키다가 이런저런 업무를 보았다.

남향 외방을 지키는 여관 중에는 깨끗한 피부와 초승달 같은 눈썹을 가진 어리가 있었다. 그녀는 자주 잇몸을 드러내며 환하게 웃었다.

북향 외방은 위지의 자리였다. 서쪽과 동쪽 외방의 여관들은 수시로 바뀌어 얼굴을 익히기 힘들었다. 마리는 일라의 방 한편에서 집중력을 잃는 법이 없었다.

여관들은 일라가 눈 뜨기 전, 자리에 왔다가 그녀가 잠든 이후 처소로 돌아갔다. 고된 직업이었다.

일라는 여관들의 도움을 받아 몸을 씻고 의복을 갖춘 다음 오전 내내 소본성 고위 관리들의 이름과 직책을 적힌 두루마리를 읽다가 기름진 육류 요리뿐인 점심상을 받았다. 여전히 밖으로는 나갈 수 없었다. 산책조차 금지당했다.

향신료를 잔뜩 사용한 돼지고기 튀김, 닭고기 튀김, 육전, 갈비찜, 완자탕, 고기만두, 고기볶음….

종일 움직이지 못하고 친구도 없이 내방에 앉아 음식만 먹고 있자니 없던 병도 생길 것 같았다.

일라는 마리에게 따뜻한 차를 달라고 했다.

마리가 차를 내오기도 전에 지소가 방으로 들어왔다. 함께 온 젊은 여관이 탕약이 놓인 작은 모반을 그녀 앞에 내려놓았다.

일라는 약잔에 든 탁하고 진한 탕약을 유심히 살펴보다가 지소에게 물었다.

"이게 뭔가요?"

"왕녀님께서 늘 드시던 약입니다. 열병을 앓고 기억을 잃어버리시기 전까지 꼬박꼬박 드셨죠."

"이 탕약을요? 무엇 때문에요?"

"당연히 왕녀님의 건강을 위해서지요. 병에 걸리지 않도록 왕녀님의 면역력을 높이고 성정을 올바르게 이끄는 약입니다."

지소는 그런 것을 왜 묻느냐는 듯한 표정이었다.

'성정을 올바르게 만든다고?'

이유는 알 수 없었지만, 탕약을 보는 순간 거부감이 들었다.

일라는 그동안 어의가 가져다준 탕약도 먹지 않았다. 그를 신뢰하지 못해서가 아니었다.

그녀의 마음은 탕약을 먹어야 한다는 사실에 격렬한 저항을 느꼈다. 스스로 설명하기 어려웠다.

누군가에 대한 미움은 없었다. 그렇지만 가슴 밑바닥에서 무언가 부정적인 감정이 잔뜩 억눌러져 있었다. 시간이 지날수록 감정은 선명해지고 있었다.

일라는 어의에게 약보다 몸을 움직이려고 생활을 바꾸려는 의지가 건강에 더 도움이 되지 않겠냐고 에둘러 말했다. 어의는 가타부타하지 않고 그녀가 원하는 대로 탕약을 가져오지 않았다.

일라는 약잔을 내려놓으면서 말했다.

"결국 열병에 걸려 죽다 살아났으니, 효과가 큰 약은 아닌 모양이에요. 더는 먹고 싶지 않아요."

"먹고 싶지 않다니요, 그게 무슨 말씀입니까?"

지소의 눈이 순간 가늘어졌다.

"말 그대로예요. 나에게 위중한 병증은 없다고 들었어요."

"왕녀님, 탕약을 만든 의관들 정성을 봐서라도 드셔야죠."

지소가 일라를 달래면서 약잔을 코앞에 들이밀었다.

"그들에겐 미안하다고 전해주세요. 이제 탕약은 먹고 싶지 않아요."

"드십시오."

지소의 목소리가 완강했다. 일라가 재차 말했다.

"어의도 허락했어요."

"그래도 드셔야 합니다."

고압적인 지소의 태도에 일라는 당혹감을 느꼈다.

"먹지 않겠다고 말했잖아요. 지소부인은 지금 나에게 탕약을 억지로 먹이려는 건가요?"

"그렇습니다."

예상치 못한 당당함이었다.

일라의 입에서 높고 새된 목소리가 튀어나왔다.

"지소부인은 나에게 억지로 탕약을 먹일 수 없어요. 그건 하극상이라고 배웠어요."

"그러니 왕녀님께서 탕약을 순순히 드셔야지요."

일라는 잠시 입을 다물고 숨을 고른 다음 고집스럽게 말했다.

"싫어요. 난 뭔지 모를 이 탕약을 절대 먹지 않을 거예요."

지소가 냉랭한 눈빛으로 일라를 주시했다. 금방이라도 일라의 입을 억지로 벌려 약을 밀어 넣을 듯한 기세였다.

한참 실랑이를 벌이던 지소는 일라가 끝내 물러서지 않자, 각진 턱을 치켜들곤 그대로 방을 나가버렸다.

일라는 침상에 누워 용이 조각된 천장을 물끄러미 바라보았다. 머릿속이 혼란스러웠다.

소본은 귀족이 생살여탈권을 가진 확고한 계급 사회였다. 아래 신분의 사람이 저토록 강압적으로 왕족을 대할 순 없었다.

문득 자신의 입지에 대해 의구심이 들었다.

비록 먼 아르성에서 기거하지만 소본의 절대적인 통치자, 제후의 지위를 가진 부친 함달은 여전히 건재했다. 그녀에 대한 처우가 이렇게까지 엉망일 리 없었다.

일라는 지금껏 다소 의문스러운 점이 눈에 띄어도 '다들 내가 기억을 잃었다는 사실을 숨기려고 하는구나'라고만 여겼다.

하지만 역시 수상했다. 명색이 제후의 하나밖에 없는 고명딸이자 아맥 황태자의 약혼녀인데 그녀의 소식을 묻는 이가 없었다. 친구조차 없었다. 기억을 잃기 전부터 누구도 그녀를 찾지 않은 것이다.

일라는 자신이 유폐되었다는 사실을 점차 깨닫기 시작했다.

건강이나 기억 상실보다 중요한 어떤 이유로 외부와 완전히 격리된 게 틀림없었다.

일라는 매일 얼굴을 마주하는 내전 여관들과 살갑게 지내고 싶었다. 하지만 그녀는 내전 여관들과 섞이지 못했다.

일라가 기거하는 내전 공간은 침묵에 익숙했다.

돌이켜보면 그저 신분의 차이 때문만은 아니었다. 내전 여관들은 애써 그녀를 멀리했다. 그들의 임무는 보좌가 아니라 감시였다.

일라는 뜬눈으로 밤을 새웠다.

지소가 들고 온 탕약을 보았을 때 솟아올랐던, 마음을 가득 채우고 있는 거친 풍랑 같은 감정을 비로소 설명할 수 있었다.

그건 무력함으로 인한 분노였다.

일라는 고작 열넷이었다. 움직이기조차 힘든 몸을 가지고 무엇을 할 수 있을지 막막했다.

새벽의 푸른 빛이 어두컴컴한 실내를 조금씩 물들였다. 세안을 마치고 정갈하게 옷을 차려입은 마리가 이른 시각부터 깨어있는 일라를 보곤 멈춰 섰다. 마리는 충혈되어 푸석한 일라의 눈가를 살폈다.

"왕녀님, 어쩐 일로 일찍 일어나셨어요? 차라도 드릴까요?"

일라가 고개를 끄덕였다.

마리는 따뜻한 보리차와 함께 작은 토기에 든 하얀색 죽처럼 생긴 다우라는 음식을 가지고 왔다.

그러고는 뜻밖의 소식을 전했다.

"태자 전하께서는 오시 경 수정궁에 도착하신다고 합니다."

"태자 전하?"

일라가 말없이 눈만 깜빡거리자, 마리가 덧붙였다.

"내전에서도 어젯밤 늦게야 전갈받았어요. 왕녀님, 태자 전하께서 오시기 전에 식사를 마치셔야죠."

하지만 아침은 그걸로 끝이었다. 더는 식사할 시간이

없었다.

갑작스러운 황태자의 방문으로 수정궁은 일순 분주한
분위기에 휩싸였다.

$$\text{II}$$

주나는 아맥과 남쪽 국경을 맞댄 강국이었다.

사계절 뚜렷한 기후에 넓고 비옥한 곡창지대에서 나
오는 수확량이 풍부했다. 주변 국가와의 교류가 활발해
여러 도시가 발달하면서 학문이 크게 융성했다.

아맥으로서는 탐낼 수밖에 없는 옥토였다.

막강한 군사력으로 동대륙을 정복한 아맥은 광활한
국토를 기반으로 세를 다진 주나와 피할 수 없는 기나
긴 전쟁을 시작했다.

아맥의 황태자 누한은 열세 살이 되던 해부터 주나와
의 전쟁에 참전했다.

인간 생의 가장 중요한 성장기를 지옥 같은 전장에서
보낸 그는 잔혹함으로 명성이 자자했다.

점령지의 모든 주민을 남녀노소 가릴 것 없이 학살했
고 건물과 농지와 사람들이 피땀 흘려 추수한 식량까지

흔적도 남기지 않고 불태웠다. 용케 살아남은 사람들은 끝까지 추적해 노비로 팔아넘겼다.

그에게 '적태자'라는 별칭이 붙은 이유도 전투에서 피를 뒤집어쓴 검붉은 얼굴이 악마처럼 무시무시했기 때문이었다.

국경에서 시작된 전쟁은 점차 주나의 중앙을 향해 나아가고 있었다.

침략 전쟁으로 국력을 키워왔던 아맥의 호전적인 무장들은 전투에 능했지만, 주나의 극렬한 저항에 몇 년 동안 애를 먹는 중이었다. 수도를 차지하기까지 수년이 걸릴 것이다.

소본은 아맥의 북부에 위치했다. 접근 자체가 어렵고 구불구불한 길이 겨울 동안 꽁꽁 얼었다가 봄이 오면 녹아 진흙탕으로 변해 교통이 몹시 불편했다.

1년에 절반 이상 길이 막히는 탓에 다른 국가와의 교역량도 현저하게 적었다.

그런 소본을 거쳐 주나로 향한다니 어떻게 봐도 이상했다.

소본에 약혼녀가 있다는 건 그저 핑계로 지소를 비롯해 소본성의 모든 가신과 관리들은 잔뜩 긴장하고 있었다.

일라는 황태자 일행이 도착하는 시간에 맞춰 수정궁 정전으로 향했다. 몸을 씻고 의복을 갖추기까지 얼굴이 익지 않는 여관 셋의 도움을 받고도 세 시간이 넘게 걸렸다.

기억을 잃어버린 후 일라가 밖으로 나서는 건 처음이었다.

장향전 앞에는 지붕 없는 가마와 그걸 짊어질 건장한 가마꾼 대여섯 명이 기다리고 있었다.

수정궁은 무척 넓었지만 그래봤자 정전까지 2각도 걸리지 않는다고 했다. 그런 짧은 거리에 노역을 부리다니, 어쩐지 탐탁지 않았다. 한편 그 와중에 냉큼 가마에 오르고 싶은 마음도 피어올랐다.

일라는 가마를 한참 동안 바라보다가 결국 발걸음을 옮겨 정전을 향해 걷기 시작했다. 그대로 가마에 타버리면 기분이 좋지 않을 것 같았다.

마리가 그녀 뒤를 따라오며 만류했다. 역시나 몇 걸음 걷지 못하고 진이 빠져버렸다. 몸에서 비 오듯 땀이 흘렀다.

일라는 자신의 허약함에 다시 한번 경악했다.

'가장 먼저 체력부터 단련해야겠구나.'

그녀에게는 자신의 의지대로 움직일 수 있는 신체가 필요했다. 무거운 몸 때문에 더욱 지치는 것 같았다.

위지가 손짓하자 가마꾼들이 가마를 들고 빠르게 일라 옆으로 다가왔다.

마리가 말했다.

"왕녀님, 어서 가마에 오르세요."

"가마는 안 탈 거야. 대신 어디에 좀 앉고 싶어."

"네?"

"의자를 좀 가져다줄래?"

여관들이 의자를 가지고 나왔다.

의자를 본 일라는 그냥 가마를 타고 가는 편이 낫지 않았을까, 난감했다. 옥황상제라도 앉을 법한 엄청나게 화려하고 무거운 의자였다. 분명 그보다 단순하고 가벼운 의자가 있었을 텐데.

우스꽝스러움도 잠시, 일라는 요란한 의자에 앉아 내전과 정원을 구경했다.

분홍색과 빨간색 작약이 흐드러지게 핀 완연한 봄이었다. 내전 건물 뒤로 구름 한 점 없는 하늘이 새파랗게 빛났다.

장향전은 장대석을 쌓아 기단을 구성하고 상부를 전돌로 마감한 복층 건물이었다. 정면에 한 쌍의 돌계단이 놓였고 나무와 돌로 쌓은 튼튼한 벽이 차가운 겨울바람을 막아주었다.

방마다 바깥을 향해 커다란 창호 문짝이 나란하게 열렸는데 건물 정면에서는 보이지 않는 툇마루도 있었다.

아름다운 건물은 작은 부분까지 섬세하고 화려한 문양으로 공들여 장식되었다. 푸른 기와를 가지런히 얹은 지붕의 곡선이 유려했다.

"왕녀님, 이제 정전으로 가셔야 할 것 같습니다. 태자 전하를 맞을 준비가 끝났다고 합니다."

위지가 일라를 재촉했다.

말수가 적은 위지는 몸놀림이 재빨랐고 일 처리가 노련했다. 어리처럼 화려한 외모는 아니지만 이목구비가 정결했다.

한숨을 쉬면서 어렵게 몸을 떼려는데 마리가 다가와 속삭였다.

"상시님께서 알려주신 인사말은 잘 기억하고 계시죠? 헷갈리신다면 제가 다시 짚어 드릴게요."

내전 여관들은 지소를 '상시'라고 불렀다.

일라는 새삼 마리를 돌아보았다. 마리는 머리가 좋았다. 일라의 가장 가까운 곳에 언제나 마리가 있었다.

"마리, 내 옆에서 시중을 든 지 얼마나 됐어?"

"이제 곧 3년이 되어요."

"3년? 정말 오랜 시간이구나. 그럼, 기억을 잃기 전 내가 어떤 사람이었는지 말해줄 수 있어? 네 눈엔 내가 예전과는 영 다른 사람처럼 보여? 솔직하게 대답해도 괜찮아."

마리는 정전 방향을 응시하는 위지의 눈치를 잠깐 살폈다.

"왕녀님께서 열병을 앓고 나신 후부터 다른 사람처럼 느껴지는 건 사실이에요. 제가 아는 예전의 왕녀님께 선 마음 따뜻하신 분이셨습니다. 지금껏 천한 것들에게 조차 역정 한 번 부리신 적이 없었어요. 물론…, 그러니까 지금도 고운 마음씨를 가지고 계시지만 예전에는 뭐랄까, 좀처럼 의견을 드러내지 않으셨어요. 그런데 상시님 앞에서 그리 고집 피우시는 모습은 난생처음 봅니다. 예전과 달리 마음에 있는 바를 모두 내뱉으시는 것 같아요. 말투도 뱃사람처럼 무뚝뚝해지셨고요. 그러시다가 태자 전하께 무슨 꼬투리를 잡힐까, 조마조마해요."

오랜 시간 일라를 지켜본 마리의 눈에 그녀는 순하고 참을성 많은 소녀였다.

일라는 자신이 누군지 모르겠다는 자괴감이 들었다. 기억을 잃기 전 그녀는 화도 내지 않고, 고집도 부리지 않고 지소가 가져다주는 탕약을 고분고분 먹으면서 몸이 쇠약해질 정도로 아무것도 하지 않았다.

'나는 도대체 어떤 사람이었을까? 마음이 여렸던 만큼 게으르고 의지가 약했었나? 지금은 또 어떤 사람이 된 걸까? 왜 이렇게 화가 나고 답답한 걸까?'

아무래도 열병을 앓다가 지옥에라도 다녀온 모양이었다. 일라는 다시 걷기 시작했다. 가마를 들던 장정들은 이제 무거운 의자를 옮겨야 했다.

내전에서 정전으로 가는 길은 사방이 탁 트인 뜰이었다. 구역을 나눠 조성한 꽃밭에서 패랭이꽃과 장미꽃 향기가 풍겼다. 꽃잎을 겹겹이 두른 쥐손이풀이 어여뻤다.

멀리 정전 건물 너머로 안개에 쌓인 낮은 산봉우리가 수묵화처럼 모습을 드러냈다.

지소를 비롯한 가신들이 여러 채의 정전 건물로 둘러

싸인 드넓은 조정에 모여 황태자 일행을 맞이하는 모습이 보였다. 일라가 느린 걸음으로 한참 쉬면서 오는 사이 누한이 먼저 도착했다.

누한 일행은 무딘 돌덩이 사이에서 칼날처럼 보이는 한 무리의 군인이었다.

긴 창과 방패, 빳빳한 새 비늘갑옷과 붉은 군복을 갖춰 입고 전열을 이룬 수천 명의 군인 선두에 유독 돋보이는 소년 두 명이 눈에 들어왔다.

그중 붉은색 머리카락을 가진 건장한 체격의 소년이 황태자 누한이라는 걸 묻지 않아도 알 수 있었다. 누한에게는 거칠 것 없는 광풍 같은 기운이 있었다. 오만하고 사나우면서 동시에 교활했다.

그에 비해 또 다른 소년은 그보다 정제된 느낌을 주었는데 조용하지만 잔잔한 수면 아래로 소용돌이를 감춘 얼굴이었다.

마음이 조급해진 일라는 조금 더 빠르게 걸으려고 했다. 그때 위지가 팔을 들어 일라 앞을 막아섰다.

그녀의 시선이 누한의 손에 들린 서슬 퍼런 장검과 그 검날 아래에 몸을 조아린 피투성이 남자에게 꽂혀 움직이지 않았다.

마리도 심상치 않은 분위기를 눈치채고 걸음을 멈춰 누한 쪽을 바라보았다.

양손으로 단단히 거머쥔 누한의 검이 한순간 번쩍거리면서 팽팽한 공기를 찢어놓았다. 잘린 남자의 목이 둔탁한 소리와 함께 흙바닥을 몇 차례나 굴렀고 머리가 있어야 할 자리에서 피가 분수처럼 쏟아져 나와 사방으로 흩뿌려졌다. 지소와 가신들은 여전히 허리를 숙인 채 꼼짝도 하지 않았다.

일라는 순식간에 벌어진 광경을 두 눈으로 보고도 믿을 수 없었다. 살아있는 사람을 죽이고도 눈 하나 깜짝하지 않는 소년은 피를 뒤집어쓴 전장의 살인마, 적태자였다.

눈도 깜빡할 수 없었다. 손발이 뻣뻣해지면서 숨이 잘 쉬어지지 않았다. 눈앞이 아득해지더니 파릇한 봄풀이 돋아난 땅이 얼굴 가까이 다가왔다. 흙먼지가 묻어나는 뺨에 감각이 없었다.

눈을 뜬 일라에게 마리가 물을 건넸다.

장향전 내방이었다. 정신을 잃은 사이 마리가 내내 곁을 지킨 모양이었다.

일라는 물잔을 받아들었다.

사람의 목숨이 끊어지는 순간을 눈으로 직접 본 것은 처음이었다. 방금까지 인간이었던 덩어리가 흙바닥으로 늘어지며 훼손되는 광경이 머릿속에서 떠나지 않았다. 물잔을 감싸 쥔 손이 사시나무처럼 떨렸고 눈에서 눈물이 뚝뚝 떨어졌다.

일라를 지켜보는 마리의 표정이 침착했다. 일라가 넓은 소맷단으로 눈물 콧물을 닦자 그런 행동거지도 벌써 익숙해진 듯 별말 없이 손수건을 건넸다.

일라는 손수건에 코를 한번 푼 다음 목소리를 가다듬고 입을 열었다.

"내가 정신을 잃었어? 얼마 동안이나?"

"한두 시진 정도요. 충격이 크셨던 모양이에요."

"태자 전하는 지금 어디 계시지?"

"일행과 함께 서궁에서 지내시는 것으로 알고 있어요. 왕녀님께서 혼절하시는 모습을 얼핏 보신 모양이에요. 깨어나시면 충분히 휴식을 취하시라고, 태자 전하께서는 부대의 식수를 조달하기 위해 호수를 둘러보느라 바쁠 것 같으니 굳이 서궁으로 오지 마시라 전하셨어요. 필요하면 태자 전하께서 직접 내전을 방문하시겠답니다."

눈과 코가 새빨개진 일라는 넋이 나간 듯 잠시 말이 없었다. 손을 들어 가슴에 손바닥을 대고는 간신히 입을 열었다.

"마리, 부탁이 있어. 서궁으로 가서 태자 전하가 어떤 사람인지 알아봐 줘. 전하께서 뭘 좋아하는지, 뭘 싫어하는지, 뭐든 사소한 거라도 괜찮아. 이곳을 떠나실 때까지 넌 아예 서궁에서 지내도록 해."

마리가 주저하자 일라가 재차 말했다.

"지소부인에게는 내가 얘기할게. 결혼할 사람에 대해 알고 싶은 마음은 당연한 거야."

진심이었다.

왕가의 결혼은 언제나 정치적 거래였다. 장차 황제가 되어 절대 권력을 휘두르게 될 누한이 어떤 인물인지 궁금했다.

과거에 대한 정보를 잃어버린 후 상실을 대체하기 위해 일라에게 주어진 능력은 본능에 따른 판단이었다.

그녀는 자신이 온 마음으로 거부하는 것이 무엇인지 알 수 있었다. 누한과의 결혼은 그중 하나였다.

궁전에 갇혀 억지로 탕약을 먹어야 하는 것만큼이나

싫었던 것이 분명했다.

황후가 되기엔 일라의 성정은 굳건하지 못했다. 황실 권력 한가운데에서 '일라'라는 부속품은 들어맞지 않았다. 스스로 이 세상과 맞아떨어지지 않는다고 느꼈던 이유였다.

일라는 입을 굳게 다물곤 손가락에서 금반지를 빼 마리의 손에 덥석 쥐여주었다. 아연실색한 마리가 믿을 수 없다는 표정으로 반지를 뚫어지게 바라보았다.

마리가 방을 나간 뒤 일라는 침대에서 벌떡 일어나 처소 안팎을 살폈다.

평소와 달리 한산했다. 일손이 모두 서궁에 집중된 것 같았다. 복도를 서성이던 내전 여관들도 오늘은 한두 명뿐이었다.

일라는 복도 끝에서 막 걸레질을 끝낸 젊은 여자를 불러세웠다.

여자는 문양이 들어간 짙은 색 내전 여관 복장 대신 낡고 누런 민무늬 옷을 걸쳤다. 얼굴색이 바랜 무명옷만큼이나 거칠고 메말랐다.

그녀의 이름은 가실이었다.

궁 밖에서 사는 고용 하녀라고 했다.

수정궁 인근에는 촌락을 이룬 민가들이 있었다. 주로 궁전 행정과 관련된 이들이 사는 동네였다.

열여덟 살인 가실은 결혼 자금을 모으기 위해 수정궁에서 허드렛일을 했다. 물을 긷거나, 빨래하거나, 식자재를 옮기는 고된 일이었다.

"하던 일은 그만하고 내 시중을 들도록 해요."

일라의 말에 가실의 눈이 휘둥그레졌다.

잠시 후 마리를 앞세운 지소가 일라의 방으로 들어왔다.

"왕녀님, 몸은 좀 괜찮으신가요? 그리 흉한 광경을 보셔서 다들 걱정하고 있습니다."

지소는 평소와 마찬가지로 부드럽게 입을 열었다. 전날 보았던 지소의 냉랭한 눈빛이 떠올랐다.

"지소부인, 대체 정전에서 무슨 일이 벌어진 건가요?"

"태자 전하께서는 예상보다 이른 시간에 수정궁에 도착하셨습니다. 정전에 이르시자마자 소본성 인근에서 생포한 남자를 저희 앞에 무릎 꿇리셨습니다. 부대를 염탐하던 첩자라고 하시더군요. 남자는 붙잡히자마자 혀를 깨물어 자진을 시도한 데다 이미 고문으로 몰골이 무척 참담했습니다. 태자 전하께서는 소본 사람들이 모두 볼 수 있는 자리에서 진실을 말할 때까지 그를 고문한 뒤 능지처참하라고 명하셨습니다. 그때 예부의 대가께서 나서서 소본 땅에는 오직 세 가지 형벌만이 존재한다는 사실을 말씀드렸습니다. 바로 사형과 추방, 노역이지요. 잔인한 참형이나 고문은 일절 금한다는 말을 듣고 태자 전하께서 그렇다면 자비를 베풀어 너그럽게 효수하시겠다며 그런 일이 벌어지고 말았습니다. 태자 전하께서는 소본 땅에까지 첩자를 보낸 적국에 많이 노하신 것 같았습니다. 하지만 수정궁 가신들과 약혼녀이신 왕녀님을 배려해 더는 소란이 없도록 하시겠다고 선처하셨습니다. 남자의 시신은 예부에서 수습했습니다.”

“어떻게 주나 사람이 이곳 소본 땅까지 왔을까요? 또 어떻게 황태자께서 수정궁으로 향하신다는 사실을 알 수 있었을까요? 내전에서도 어젯밤 늦게야 알았다던데요.”

지소가 입을 닫았다.

침묵이 흐르자 어리둥절하던 일라는 곧 깨달았다.

죽은 남자는 소본 사람이었다. 이유를 알 수 없지만, 그는 소본성에서 보낸 첩자였다.

'대체 아맥 황실과 소본 사이에 무슨 일이 있는 걸까?'

그녀가 모르는 일이 너무 많았다.

일라는 함달이 왜 소본을 떠나 아맥으로 향했는지, 아맥과의 외교에 무슨 속사정이 있는지, 당장이라도 삼관에게 뛰어가 묻고 싶었지만 입을 다물었다.

소본성 가신 중 누구도 누한의 방문이라는 날벼락이 떨어진 상황에서 일라가 눈에 띄는 걸 반기지 않을 것이다.

죽은 남자의 모습이 다시 떠올랐다. 그에게 가족은 있는지 궁금했다. 꼭 아이가 있을 법한 연배였다.

지소가 말했다.

"몸이 이렇게 허약하신데 마리를 서궁으로 보내시겠다니, 그건 대체 무슨 말씀이신지요?"

"태자 전하가 어떤 분인지 알아보려고요."

"그런 건 제가 알려드리겠습니다. 태자 전하에 대해 궁금하신 게 있다면 물어보세요."

"지소부인은 지금 눈코 뜰 새 없이 바쁘잖아요. 전하께서 수정궁에 머무시는 동안 마리가 서궁에서 지낼 수 있도록 해주세요."

일라의 말에 지소는 못마땅한 표정으로 손에 낀 금반지를 만지작거렸다.

평소 그녀가 착용하는 장신구는 오직 그것뿐이었다. 일라는 아마 약혼반지일 거라고 짐작했다.

지소에게는 남편이 없었다. 정혼자가 있었지만, 혼례를 치르기 전에 병으로 죽었다고 했다. 그녀를 '부인'이라고 부르는 이유였다.

"마리가 없으면 왕녀님 시중은 누가 들고요?"

"여기 있는 가실에게 맡기려고 해요."

일라가 가실을 가리키자 잔뜩 움츠리고 있던 가실이 얼른 지소를 향해 머리를 조아렸다.

"가실입니다. 궁 밖에 기거하면서 물을 긷는데 오늘은 걸레질하러 내전에 왔어요."

지소는 가실을 미심쩍게 훑어보다가 입을 열었다.

"정 그러시다면 마리를 잠시 서궁으로 보내도록 하지요. 하지만 왕녀님의 시중은 이 아이 대신 다른 여관을 물색해 보겠습니다."

"다른 사람은 됐어요. 가실에게 시중을 맡기고 싶어요."

"그건 안 됩니다."

지소의 목소리가 필요 이상으로 위압적이었다. 일라도 물러서지 않고 대꾸했다.

"그렇다면 내가 태자 전하를 만나겠어요. 만나서 어떤 분인지 직접 판단하겠어요. 마침 혼절하는 바람에 인사도 제대로 못 드렸는데 잘됐네요. 마리, 당장 서궁으로 갈 채비를 해."

지소가 주춤했다. 예상대로였다.

마리는 일라에게 '황태자에게 무슨 꼬투리를 잡힐까 조마조마하다'라고 말했다.

소본성 가신들은 일라가 기억을 잃었다는 사실을 숨기고 있었다.

그러나 한편 황태자 쪽에서도 그녀의 흠결을 찾고 있다는 말처럼 들렸다. 무슨 이유에서인지 삼관과 지소는 일라가 외부 인사와 접촉하는 걸 극도로 꺼렸다.

일라의 말투가 뱃사람 같다는 말도 했다. 호수를 곁에 둔 소본성에는 배 젓는 사공이 흔하게 드나들지만, 그들을 '뱃사람'이라고 부르진 않았다. 마리가 말한 뱃사람이란 원해의 선원을 의미했다.

소본 같은 내륙에서 바다 선원을 만나기란 일생에 한 번도 쉽지 않다. 마리는 소본 사람이 아니었다.

"알겠습니다. 제가 어찌 왕녀님의 뜻을 거스르겠습니까. 이 아이에게 당분간 왕녀님 시중을 들게 하지요."

결국 지소가 뒤로 물러났다. 어쩔 바를 모르고 서 있던 가실의 얼굴이 환해졌다.

누한의 부대는 소본성에서 닷새를 머문 다음 주나의 전장으로 향할 예정이었다.

일라는 혼절한 참에 몸 상태가 좋지 않다는 핑계로 내전에 꽁꽁 틀어박혀 누한 일행이 출발하는 날까지 서궁에는 코빼기도 보이지 않았다. 수완 좋은 가신들과 지소가 미리 손을 썼다. 누한도 굳이 내전을 찾지 않았다.

일라는 누한 앞에 얼씬하고 싶지 않았다. 누한의 붉은색의 머리칼과 피처럼 붉은 눈동자를 떠올리기만 해도 몸이 부르르 떨렸다.

누한이 머무르는 내내 마리가 서궁으로 처소를 옮겼고, 지소는 서궁 주변에서 관리들 사이를 돌아다니느라 바빴다. 위지와 어리가 자리를 지키는 시간도 불규칙해졌다.

일라는 수정궁의 모든 주의가 서궁에 집중된 틈을 타, 무언가 해야 한다고 생각했다. 어떤 상황에서도 위지처

럼 강해지고 싶었다. 가장 먼저 민첩하게 움직일 수 있
는 몸이 필요했다.

일라는 다른 사람의 도움 없이 스스로 잠자리를 정돈
하고 얼굴을 씻고 옷을 챙겨 입기 시작했다. 어리에게
일러 기름진 요리 대신 담백한 밥상을 가져달라고 했
다. 기름기가 많은 고기 요리는 가실에게 내어 주었고
옥수수와 밀가루로 만든 죽을 비롯해 버섯과 나물, 생
선 요리 등 소금과 향신료가 적당히 들어간 담백한 음
식을 적은 듯 먹었다.

가실은 일라에게 받은 육류 요리를 따로 목기에 담아
챙겼다. 궁 밖 제 식구들 몫인 것 같았다.

일라는 손도 대지 않은 저녁상을 모두 가실이 가져갈
수 있도록 했다. 가실의 영양이 부족해 보이는 깡마른
몸매와 거친 피부를 보면서 왠지 모를 불편함을 느꼈
다.

가실은 닷새간 마리를 대신해 방 한편에 앉아 있다가
일라의 목욕물을 준비하거나 궁중 약방 어의에게 심부
름을 다녀왔다.

하루 대부분 꼼짝하지 않고 자리를 지키는 일이 쉽지
않았지만 그래도 물을 긷는 허드렛일보다는 나았다.

하루 이틀이 지나 무료해진 가실은 꾸벅꾸벅 졸기 시작했다. 아예 자리를 비우고 한참 동안 돌아오지 않는 일도 잦았다. 지소가 알면 불호령이 떨어졌을 텐데 서궁의 일이 정신없이 돌아가는지 그런 불상사는 일어나지 않았다.

사실 일라가 가실에게 시중을 맡긴 건 바로 그런 이유였다.

내전에서 일하는 여관들은 어딘가 군인 같은 인상을 주었다. 내전 여관이 되기 위해 무슨 훈련을 받는지 모르겠지만 누구라도 할 것 없이 찔러도 피 한 방울 나오지 않을 것 같은 얼굴을 하고 있었다.

고지식한 마리는 일라가 불편할 정도로 한눈을 팔지 않았다. 마리가 언제 쉬었고, 언제 먹었고, 언제 잠이 들었고, 언제 동료들과 잡담을 나눴는지 기억나지 않았다.

그에 비해 가실은 허술했고 한편 융통성이 좋았다. 번갈아 외방을 지키던 어리와 위지는 듬성듬성 일하는 신입을 못마땅한 눈으로 지켜보았다.

닷새 동안 일라는 장향전 뜰로 나가 종일 걸었다.

어리가 탁자처럼 생긴 작은 나무 의자를 들고 일라의

뒤를 따랐다. 그리 무겁진 않은지 가느다란 체격의 어리가 수월하게 의자를 옮겼다.

몇 걸음 옮기지 않아 이내 숨이 가빠졌다. 어이가 없을 정도로 불량한 체력이었다.

첫날에는 단지 몇 발짝만 걸었을 뿐이었는데 기진맥진했었다. 하지만 당장 다음날부터 점점 더 오래 걸을 수 있었다.

일라의 체력은 불과 닷새 만에 향상되었다.

이렇게 간단하게 교정할 수 있었는데 그동안 무얼 했던 걸까, 의아했다.

한참을 걷다가 좁은 나무판 같은 의자를 놓고 앉아 소나무 향이 실린 바람에 땀을 식혔다.

내일이면 누한의 부대가 소본을 떠나 주나로 향하는 날이었다. 그와 마주할 생각을 하니 마음이 무거웠다.

사방이 어스름했다.

일라는 날이 저물기 전에 집으로 돌아갈 채비를 하는 가실을 불러 용무늬가 새겨진 화각함에서 금으로 만든 머리 장식을 하나 꺼내 건넸다.

"내일이면 마리가 돌아올 거예요. 그동안 궁 밖 사람들 이야기를 들려줘서 고마워요."

그거라면 결혼 자금으로 충분할 것이다. 가실은 난생처음 받아보는 값비싼 선물에 뛸 듯이 기뻐했다.

"어머나, 세상에! 이렇게 비싼 물건을 저에게 주신다니! 왕녀님, 정말 고맙습니다."

가실은 머리 장식을 품속에 고이 넣어두고는 함을 가득 채운 값비싼 귀금속 장신구에 눈을 떼지 못했다.

금과 은, 진주, 옥, 청금석, 칠보로 장식한 귀걸이, 목걸이, 반지, 팔찌, 비녀, 노리개.

가실은 못내 아쉬운 표정을 감추지 못했다.

마리가 돌아오면 가실은 원래의 위치에서 다시 허드렛일을 하게 된다. 그녀에겐 쏜살같이 흘러간 짧은 휴가였을 것이다.

가실이 한숨을 쉬면서 말했다.

"왕녀님, 저도 내전 여관이 되고 싶어요."

"궁중 여관이 되려면 생각보다 공부를 많이 해야 한다고 들었어요. 어렸을 때부터 여관 수업을 받은 이들이 대부분이라고 해요. 물론 스무 살이 넘어서 여관으로 채용되는 경우도 있지만요."

"저도 알고 있어요. 어리 님과 위지 님도 열한 살에 궁에 들어왔다죠. 그래서인지 피부도 좋고 옷도 맵시 있게 잘 입으시고 가까이 가면 꽃향기를 풍겨요. 저랑 나이도 같은데 당당한 모습이 어쩌나 부러운지 몰라요."

가실의 표정이 샐쭉했다.

일라가 말했다.

"내전 여관도 그리 만만치 않은 직업인 것 같아요. 가까이 지켜보면서 놀랄 때가 많아요. 여관이 되는 것도 좋지만 그보다는 금 장신구로 결혼 자금을 마련해서 혼인을 치르는 편이 낫지 않겠어요?"

"혼인해도 힘들게 사는 건 어차피 똑같을 텐데요. 왕녀님, 제가 지금처럼 계속 옆에서 왕녀님을 모실 순 없을까요?"

지금의 일라는 가실을 책임지고 고용할 수 없었다.

"미안해요. 나는 몸이 허약해서 내전 살림에 관여할 수 없어요. 궁중 여관으로 일하기 위해서는 정식 허가를 받고 일정한 교육을 받아야 한다고 들었어요."

가실의 바람과 달리 내전 여관의 업무도 허드렛일보다 낫다고 하기 어려웠다.

물을 긷거나 청소와 빨래를 하는 등 험한 일을 하진 않지만, 대신 조직의 압박을 견디는 의지와 능력이 필

요했다. 알 수 없는 사고를 당하는 일도 드물지 않다고
했다.

가실이 집으로 돌아간 뒤 처소에 혼자 남은 일라는 외
방 복도로 나가 격자로 짠 창문을 열었다.

밀려 들어오는 밤바람에 장미 향기가 실려 왔다. 창문
밖으로 몸을 길게 빼고 위를 바라보니 검은 장막 같은
밤하늘에서 빛나는 별이 금방이라도 쏟아질 것 같았다.

더는 잠이 오지 않자, 그녀는 몰래 장향전 밖으로 향
했다. 위지 대신 처음 보는 여관이 잠에 못 이겨 옆으로
길게 누워 있었다.

복도와 문 앞에도 사람이 없었다. 누한이 수정궁에서
보내는 마지막 밤이라 가장 많은 일손이 필요했던 모양
이었다.

앞뜰로 나서자 공기가 서늘했다.

수정 호수 주변은 기온이 낮았다. 초록빛, 붉은빛, 보
랏빛, 은빛으로 빛나는 호숫가의 조약돌은 한여름 더위
에도 얼음처럼 차가웠다.

수정궁에는 궁벽을 따라 호수를 조망할 수 있는 망루
가 여러 군데 있었다. 장향전 건물은 수정궁 북서쪽으
로 따로 떨어져 호수와 가장 가깝게 붙어있었다.

일라는 화로에 불을 밝힌 건물 주위를 빙 돌아 뒤뜰로
향했다.

튼튼하고 높은 궁벽이 뜰 끝자락을 감싸고 있었다. 뜰
이 끝나는 지점부터 자작나무 숲이 언덕을 이뤘다. 궁
벽이 언덕을 따라 위로 한참 이어졌다. 하얀 나무 기둥
이 촘촘하게 늘어선 언덕 위에는 수정 호수가 한눈에
내려다보이는 작은 망루가 있다고 했다.

밤이 깊었고 어둠을 밝히는 불꽃이 흔들리면서 어지
러운 그림자를 만들어 냈다. 빛이 닿지 않아 아무것도
보이지 않는 새까만 숲이 으스스했다. 자작나무 특유의
검은 무늬가 가늘게 뜬 수많은 눈동자처럼 일라를 주시
하는 것 같았다.

금방이라도 귀신이 튀어나올 것 같은 오싹한 기분에
발을 돌려 오던 길을 뒤돌아 가려고 했다.

순간 분명한 인기척을 느꼈다.

모골이 송연했다. 최대한 빠르게 그 자리를 벗어나려
고 했으나 걷기도 버거운데 뛸 수 있을 리 없었다.

일라는 허둥지둥 걸음을 옮기다가 그만 중심을 잃고
앞으로 쾅당 넘어지고 말았다.

이제 죽었구나, 눈을 질끈 감았다. 짐승이건 사람이건

엎드린 그녀 위로 덮쳐와 마구 물어뜯을 것 같았다.

스산한 바람이 불었고 펄떡대는 심장 소리가 귓가에 울렸다. 한참이 지났지만 아무 일도 일어나지 않았다.

착각이었나?

일라는 버둥거리면서 몸을 일으켜 세웠다. 치맛단이 발끝에 걸리는 바람에 두 팔을 허공으로 헤엄치듯 휘젓다가 또다시 꼬꾸라졌다. 땅바닥에 납작 엎드렸다.

이번에도 사방은 고요하기만 했다.

일라는 있는 힘을 모두 쥐어짜 무거운 몸을 추슬렀다. 엄청난 노력 끝에 드디어 두 다리로 섰다고 생각했는데 그게 아니었다.

힘이라곤 하나도 없는 다리가 꼬이면서 방금 엎드려 있던 자리에 한 번 더 얼굴을 처박았다. 죽을지도 모른다는 두려움은 이미 사라졌다. 대신 창피해서 죽을 것 같았다.

'분명 누가 있는데? 분명 날 보고 있는 것 같은데!'

가까운 지척에 누군가 있었다. 하지만 그 혹은 그녀는 일라를 해칠 마음이 없는 것 같았다.

'좀도둑인가?'

일라는 사력을 다해 몸을 옆으로 데굴데굴 굴려 가까

스로 중심을 잡고 일어섰다. 그러고는 뒤도 돌아보지
않고 내전을 향해 절뚝절뚝 걸어갔다.

Ⅲ

다음날 해가 뜨기도 전에 지소가 일라의 처소로 찾아와
그녀의 부스스한 머리카락과 흙먼지로 더러워진 손발
을 꼼꼼하게 살폈다.

다시 또 나타난 세 명의 여관이 능숙한 솜씨로 일라를
씻기고, 빗기고, 입히고, 얼굴에 덕지덕지 분을 발랐다.
누한이 도착한 날처럼 분홍색 비단옷을 차려입고 황금
귀걸이와 목걸이를 걸치고 머리에는 온갖 장신구를 꽂
았다.

아직 어둑어둑한 장향전 앞에 어김없이 가마가 대기
하고 있었다. 사냥개처럼 엄격한 표정을 한 지소가 일
라를 주시했다. 별수 없이 가마에 올라야 했다.

가마에 오르자마자 차라리 걸어갈 걸 그랬다는 후회
가 밀려왔다. 흔들리는 가마 위에서 토할 것 같은 기분
이 되었다. 그나마 빈속이라 다행이었다.

서궁 앞에 도착했을 때, 일라는 십 년은 늙은 것 같은

기분으로 땀을 닦았다.

서궁은 수정궁과 인접해 지어진 별궁이었다. 수정 호수에서 가장 가까운 궁전이라 일명 '호수궁'으로 불렸지만, 사실 호수와 가장 가까운 건물은 장향전이었다.

서궁 법전에서 누한 일행이 채비를 마쳤다. 온돌이 설치되지 않아 겨울이면 잘 사용하지 않는 법전 건물은 서책과 문서를 보관하는 운한각과 나란하게 붙어있었다.

"태자 전하와 되도록 눈을 마주치지 마십시오. 무례하다고 여기실 겁니다."

마리가 신신당부했다.

긴장으로 얼굴이 핼쑥해진 일라의 머릿속에 속성으로 배운 왕실 예절은 이미 간 곳이 없었다. 그저 눈을 내리깔고 입을 닫는 것이 상책이었다.

법전 안으로 들어섰다.

마리와 위지가 일라 옆을 지켰고 지소와 어리는 눈에 띄지 않는 뒤쪽에서 그녀를 뒤따랐다.

법전 복도를 한참 걸어가자, 몇 겹의 방으로 둘러싸인 넓은 내실이 나왔다.

커다란 창을 통해 나무 바닥이 잘 닦인 안쪽까지 쌀쌀

한 새벽빛이 들어왔다. 장식이나 가구가 거의 없는 내실 중앙에는 집무를 위한 크고 긴 탁자가 놓였다.

비단으로 감싼 탁자 끝, 길상을 새겨넣은 의자에 앉은 누한이 장수들과 함께 그녀를 맞았다.

일라는 허리를 숙여 절을 한 다음 동대륙 공용어로 지소가 알려준 긴 대사를 읊기 시작했다.

황태자를 오랜만에 만나 뵙는 자리에서 부끄럽게 혼절했던 것에 대한 지극한 사과를 시작으로 일각이라도 지체 없이 문안 인사를 드리고 싶었으나 며칠 동안 정신을 잃었다가 지금에서야 기력을 찾았다는 점, 외진 소본 땅까지 황태자께서 몸소 찾아주신 것에 대한 감사 인사, 마지막으로 전장에서의 빛나는 무훈과 무사 귀환을 기원한다는 절절한 내용이었다.

어떻게 외웠는지 모를 인사를 마친 일라는 마리의 눈치를 살폈다. 표정을 보니 틀린 부분 없이 잘한 것 같았다.

대꾸가 없었다.

눈을 마주치지 말라는 마리의 충고대로 고개를 푹 숙인 일라는 흘낏 누한을 훔쳐보았다.

타오르는 듯한 붉은 머리카락이 눈에 들어왔다.

그는 시선을 돌리고 무언가 생각하는 눈치였다. 눈썹이 짙고 이목구비가 뚜렷했다. 살벌한 폐허처럼 보이는 그의 눈빛을 보자 일라는 기억 대신 어떤 막연한 감정이 떠올랐다.

누한 좌우로 수정궁에 도착한 첫날부터 곁을 지켰던 두 명의 장수가 서 있었다.

크고 위압적인 몸집을 자랑하는 장수는 잘 손질된 견고한 은빛 갑옷과 투구 때문에 휘어진 콧날과 작은 눈이 더욱 사납게 보였다.

흑색 갑옷을 입은 또 다른 소년은 넓은 어깨에 칠흑처럼 검은 머리칼, 검은 눈동자를 가지고 있었다.

무사답게 눈이 날카로웠지만 입가에는 아직 앳된 느낌이 남아있었다. 법전 광장에서 누한과 함께 일라의 눈에 들어왔던 소년이었다.

그는 일라와 눈이 마주치자, 시선을 돌리더니 미세하게 얼굴을 찡그렸다.

'내 눈을 피했어. 안색이 나쁜 것 같은데 속이 좋지 않은가? 아니면 내 모습이 그렇게 보기 흉한가?'

소년은 빠르게 표정을 지우곤 말없이 탁자를 응시했다. 고요하고 섬세한 얼굴이었다.

문득 어젯밤 내전 뒤뜰에서 느꼈던 인기척이 떠올랐다.

'설마, 방금 웃었던 거야?'

내전 뒤뜰에서 마주친 이가 바로 저 소년일 것 같다는 느낌이 들었다. 식은땀이 나기 시작했다.

그때 낮은 누한의 목소리가 주의를 환기시켰다.

"…왕녀의 용모가 무척 신기하군."

일라는 무심결에 고개를 들었다가 바로 눈을 내렸다. 그녀에게 꽂힌 누한의 붉은 눈동자가 무시무시했다.

"열병을 앓은 후유증이 심한 건가? 예전과는 영 다른 사람 같아서 진짜 왕녀가 맞는지 의심까지 드는데."

일라는 그가 기억나지 않는 과거의 일을 묻는 건 아닐까, 긴장했다.

"그래, 언젠가 먼 바다에서 보았던 물고기와 닮았어. 선원들이 그 물고기를 잡았을 때 그놈 피가 바다 전체를 새빨갛게 물들이더군."

일라는 그가 하는 말을 이해하려고 했다.

"그 물고기 이름이 고래라고 했어. 수정궁에 도착한 날, 혼절한 왕녀를 시종들이 몇이나 달라붙어 옮겨갈 때 문득 기억났지."

그는 일라의 둔중한 몸을 비아냥거렸다.

일라는 썩은 사과를 보는 것 같은 표정을 보이지 않으려고 고개를 깊이 숙였다. 격렬한 감정으로 마음이 들썩였지만 이내 아무렇지 않게 대꾸했다.

"전하, 저도 고래라는 이름을 들어보았습니다. 넓은 바다에서 산다지요. 수정 호수에도 작고 어여쁜 물고기들이 살고 있습니다. 고래가 어떻게 생겼는지 궁금합니다."

누한이 지루한 듯 말을 이었다.

"왕녀도 알고 있다니, 의외로군. 정 궁금하면 거울과 마주해 보시오."

옆에 있던 마리가 내내 얼굴이 붉으락푸르락하더니 그만 참지 못하고 입을 열었다.

"왕녀님은 전하의 정혼자십니다. 바다짐승과 비교하시다니요."

갑작스럽게 튀어나온 마리의 말에 위지의 얼굴이 창백해졌다.

누한의 눈에서 일순 따분함이 사라졌다. 그는 탁자 위에 놓인 금장 장도의 손잡이를 움켜쥐었다. 첩자라는 남자를 효수한 바로 그 칼이었다.

황태자의 말에 감히 토를 달다니, 천한 시비가 입을 여는 것만으로도 목이 날아갈 수 있었다. 누한의 무표정한 얼굴에서 차가운 눈빛이 형형했다.

저게 과연 열일곱 소년의 눈이 맞을까, 오싹해진 일라가 재빨리 입을 열었다.

"전하께서 저와 닮았다 하시니, 무척 아름다운 물고기겠지요. 저도 고래가 되고 싶습니다."

누한이 조소했다. 웃는 모습도 무서웠다. 고래를 본 적 없는 일라가 아무 말이나 한다고 여긴 것 같았다.

"그대는 이미 고래와 똑같이 생겼으니 그럴 필요 없다."

누한은 마리를 잠시 주시하더니 더는 가타부타하지 않고 자리에서 일어났다. 일라도 뒤를 따라 법전을 나섰다.

네모난 박석이 고르게 깔린 수정궁 정전 광장에 붉은 깃발을 든 중장기병과 궁수, 보병과 군마들이 위용을 자랑하며 운집했다.

지난 닷새 동안 근처 민가와 소본성 곳곳에는 아맥의 군인들이 주둔했다.

그들이 높이 세운 붉은색 깃발은 누한의 표식이었다.

그의 붉은 부대는 맹렬함과 무자비함으로 명성이 자자했다. 일라는 처참한 살육터 위에서 피처럼 휘날리게 될 깃발을 으스스하게 바라보았다.

누한에 대한 기억은 남아있지 않지만 그를 마주했을 때 본능처럼 떠오른 감정은 공포와 적개심이었다. 어째서 약혼자에 대한 기대나 흥분이 아닌 적의였는지 꺼림칙했다.

날이 환하게 밝았고 일라는 기다림에 지쳐 버렸다. 다리가 아팠고 한편 지루했다.

곁을 지키던 마리의 모습이 보이지 않았다. 누한이 흐지부지 넘어간 덕에 무사했지만, 행여 눈에 띄어 그의 심기를 거스를까 봐 지소가 조치한 모양이었다.

일라 옆에는 궁중 여관 여러 명과 햇빛 가림막을 든 내관뿐이었다. 위지와 어리도 곁에 없었다.

일라는 지소와 가신들이 분주한 틈을 타 장수들의 군마 무리 쪽으로 슬며시 다가갔다.

재갈을 문 말이 몸통에 갑옷을 걸치고 있었다. 눈썹이 길고 눈동자가 순한 검은 말이었다. 콧등을 살며시 쓰다듬었는데 무서워하지 않고 가만히 있었다. 검은 갈기에서 반질반질하게 윤이 났다.

'재갈을 계속 물고 있으면 고통스러울 텐데.'

일라는 측은한 마음이 들었다.

"너도 참 불쌍하구나."

그녀의 입에서 저절로 탄식이 나왔다.

"차라리 고래가 되고 싶다. 그럼, 감옥 같은 궁전을 떠나 깊고 넓은 바다로 자유롭게 나갈 수 있을 텐데. 사람을 죽이는 저런 군인들과는 절대 마주치지 않을 거야."

그녀는 중얼중얼 혼잣말을 늘어놓느라 주변에 누군가 다가왔는지조차 알아채지 못했다.

"왕녀님."

가까이에서 차분한 목소리가 들리자, 일라는 화들짝 놀라 펄쩍 뛰었다. 물론 펄쩍 뛰었다는 건 그녀만의 느낌이었고 실제로는 땅에서 발이 조금도 떨어지지 않았다.

누한 옆을 지키던 두 명의 장수 중 체구가 여윈 소년이었다.

그는 일라를 향해 허리를 숙이더니 눈꼬리가 올라간 서늘한 눈으로 그녀를 뚫어지게 응시했다. 새까만 마노 같은 눈동자였다.

주위를 둘러보니 지소가 도끼눈을 하고 그녀를 찾는 중이었다.

일라는 소년의 시선에 안절부절못하다가 그대로 지소를 향해 걸어갔다. 심장이 터질 것처럼 뛰었다.

누한과 그의 붉은 부대가 소본성을 벗어나 남쪽으로 진군하기 시작한 건 정오가 훨씬 지나서였다.

기진맥진한 일라는 처소로 돌아와 그대로 침대에 털썩 엎드렸다. 그녀의 몸은 뭘 해도 금방 지쳤다.

마리는 별다른 후폭풍이 없어 안도하는 눈치였다.

왼쪽 뺨이 벌겋게 부어 있었다. 위지에게 제대로 뺨을 얻어맞은 것 같았다.

마음이 좋지 않았지만, 마리의 목이 잘릴 뻔한 일이었다. 이 정도에서 마무리되어서 천만다행이었다.

환복을 마친 일라에게 가실이 찾아왔다.

가실은 내전으로 들어오는 문 앞에서 일라를 만나게 해달라고 한참 사정했다.

"왕녀님, 저에게 여관으로 일할 기회를 주십시오."

가실은 일라를 보자마자 넙죽 엎드렸다. 눈치가 빠른 가실은 그동안 일라에게 별다른 권위가 없다는 사실을 진작 파악했다.

그런데도 일라를 찾아온 걸 보면 여관이 되고 싶다는 그녀의 청이 거절당한 것 같았다.

"지소부인에게 말해볼게요. 내전 여관은 어렵겠지만 어쩌면 다른 일을 줄지도 몰라요."

가실이 눈물을 글썽이며 고개를 끄덕였다.

마침 지소가 그녀의 처소로 들어왔다. 일라는 지소에게 자초지종을 설명했다.

"내전 여관이 아니더라도 실내에서 할 수 있는 일이 있다면 가실에게 맡겨주세요."

지소는 탐탁지 않은 표정을 지었지만 의외로 순순히 고개를 끄덕였다.

"자리를 알아보도록 하지요."

"고마워요."

일라는 그제야 지소 뒤에서 탕약을 들고 서 있는 내전 여관을 발견했다. 저절로 얼굴이 굳어졌다.

"최근 왕녀님께선 걱정스러울 정도로 수척해지셨습니다. 제가 매일 탕약을 보냈는데 제대로 드셨는지 모르겠군요."

지소가 가실을 노려보자 움찔한 가실이 한껏 고개를

숙였다.

지소와 마리가 자리를 비운 닷새 동안 일라는 여관이 가져온 탕약을 조용히 버렸고 가실은 그 사실을 말하지 않았다.

일라가 입을 열었다.

"지소부인, 이 탕약은 무엇인가요?"

"말씀드리지 않았습니까. 왕녀님의 건강과 성정을 위해서…."

"아니었어요."

일라는 마음을 단단히 먹었다.

"이 탕약은 의관이 만든 약이 아니었어요."

"무슨 말씀인가요?"

"명선당 약방에 이 탕약에 대한 기록은 없었어요."

일라의 말에 지소의 눈썹 끝이 올라갔다.

"가실을 시켜 약방에서 내전으로 보낸 탕약의 기록을 가져오라고 했어요. 그동안 내가 무슨 약을 먹어왔는지 알고 싶었거든요. 어의는 성정을 올바르게 만드는 탕약 같은 건 없다고 말했어요."

일라는 이어 말했다.

"지소부인, 이 탕약은 내전에서 지소부인이 만든 약

이었어요. 어떻게 약방 기록에도 남지 않는 탕약을 몰래 만들 수 있었죠? 그동안 나에게 무슨 약을 먹인 건가요?"

"왕녀님의 특이한 체질로 인해 그간 외부에 알리지 못하고 내전에서 만들어 온 것입니다."

지소는 놀라거나 당황한 기색 없이 즉시 대답했다.

"특이한 체질이요?"

"왕녀님께서는 보통 사람들과 다르게 태어나셨습니다. 그게 이 탕약을 드셔야 하는 이유입니다."

"무엇이 다른데요?"

"말씀드릴 수 없습니다."

지소의 대답에 일라는 자신도 모르게 주먹을 꽉 쥐었다. 그녀는 감정을 가라앉히면서 다시 말했다.

"지소부인, 난 지소부인과 싸우고 싶지 않아요. 하지만 아무 설명도 듣지 않고 탕약을 먹을 생각은 없어요. 그러니까 체질이라고 둘러대지 말고 솔직하게 말해주세요. 도대체 무슨 약인가요? 설마 독약인가요?"

"그럴 리가요. 독약은 아닙니다. 왕녀님께선 열병을 앓고 나신 후 예민해지셔서 광증을 보이시는 듯합니다. 그러니 아무것도 묻지 마시고 그냥 약을 드십시오."

말귀가 통하지 않았다.

일라의 마음속에서 다시금 분노가 치밀어 올랐다.

"독약이 아니라고요? 아무 말도 하지 말고 그냥 잠자코 약을 먹으라고요? 내 체질이 어떻게 특이한지도 말할 수 없고요? 좋아요. 그럼, 이 자리에서 확인해 보도록 해요. 지금 당장 어의를 불러주세요."

지소가 꿈쩍도 하지 않자 일라는 내전 여관들을 돌아보면서 언성을 높였다.

"어의를 불러줘!"

그녀의 말에 나서는 이가 아무도 없었다. 오히려 지소의 눈짓에 모두 외방 밖으로 물러났다. 마리마저 고개를 숙인 채 움직이지 않았다.

일라는 비참한 기분이 되었다.

명색이 소본의 왕녀였지만 그녀를 따르는 이는 없었다. 겉보기만 그럴듯하지 감옥에 갇힌 포로 신세와 다를 바 없었다.

어쩌다가 이렇게 되었을까, 일라는 입술을 깨물었다.

"좋아요, 내가 직접 부르러 가겠어요."

일라가 치맛자락을 걷고 방을 나서려고 하자 위지가 가로막았다.

"왕녀님."

위지의 목소리에 뜻밖의 감정이 실렸다.

"비켜!"

일라가 소리쳤다. 어리가 시선을 내린 채 그녀의 팔을 잡아 억지로 자리에 앉혔다.

"이거 놔!"

버둥거렸지만 내전 여관의 완력은 상상을 초월했다. 여관 선발 기준이 뭔지 모르겠지만 그중 하나가 힘이라는 것만큼은 확실했다.

지소가 구석진 한편에서 몸을 숨기듯 상황을 지켜보던 가실에게 지시했다.

"가실, 내전에서 일하고 싶다고 했느냐? 넌 왕녀님께서 다치시지 않도록 머리를 잡아드려라. 그게 너의 첫 번째 할 일이다."

그렇다. 가실이 있었다.

일라는 가실에게 간절한 눈빛을 보냈다. 가실, 나 좀 도와…. 가실이 쌩하니 달려와 그녀의 머리를 잡았다. 이럴 수가. 가실은 망설이는 척조차 하지 않았다.

마리는 내키지 않는다는 듯 탕약이 담긴 잔을 일라의 입 가까이 가져가며 목소리를 낮춰 말했다.

"왕녀님, 제발 드세요. 왕녀님께 해가 되는 일은 절대 하지 않아요. 제가 장담할게요. 나쁜 건 아니니까 그냥 드셔도 괜찮아요."

일라는 이를 악물었다. 나쁜 게 아니라니, 싫다는 사람을 잡아다가 신체를 구속하고 억지로 약을 먹이는 일이 나쁘지 않다면 도대체 뭐가 나쁘다는 걸까?

일라가 죽일 듯 지소를 노려보면서 낮게 으르렁거렸다.

"안 먹는다고 했잖아."

일라는 죽어도 약을 삼키지 않겠노라 작정했다. 그녀는 마리가 밀어 넣은 약을 퉤퉤 뱉어냈다. 억지로 헛구역질하고 눈물, 콧물을 흘리면서도 식도로 들어간 약을 기어이 토해냈다.

"절대, 안 먹어! 안 먹을 거라고!"

한 번 나오기 시작한 눈물이 멈추지 않았다. 아무것도 모른 채 낯선 세상에서 눈을 뜬 처지가 못내 억울했다.

왜 밖으로 한 발짝도 나가지 못하고 방에 감금되었는지, 왜 정체 모를 약을 억지로 먹어야 하는지, 왜 몸이 이토록 허약해질 때까지 수수방관 했던 건지, 가슴속에서 무섭게 파도치는 분노와 두려움과 적개심은 도대체 무엇인지, 서럽고 분하기만 했다.

눈물이 통곡으로 변했다.

일라는 몸을 앞으로 굴러 바닥에 얼굴을 대고는 엉엉 울면서 머리를 마구 찧었다. 쉽게 지치는 나약한 몸에서 어떻게 이런 힘이 나오는지 알 수 없었다.

마리와 어리가 일라의 모습에 기함했다. 그녀를 붙잡기 위해 모두 야단법석을 떨어야 했다.

일라는 제 분을 못 이겨 더 세게 머리를 내리쳤다. 스스로 생각해도 놀랄 정도로 못돼 먹은 성질머리였지만 아랑곳하지 않았다.

다시 한번 얼굴을 바닥에 부딪히려고 하자 마리가 일라의 어깨를 끌어안아 바닥에 닿지 않도록 버텼다.

자신을 제지하는 부당한 힘에서 벗어나기 위해 몸부림치려는 순간 일라의 눈에 통증이 밀려왔다. 금이 가고 깨지는 것처럼 아팠다.

일라는 두 손으로 눈두덩이를 감쌌다. 극심한 통증으로 눈을 뜰 수 없었다.

눈에서 시작된 고통은 온몸으로 퍼져나가 전신을 부수기 시작했다. 자신도 모르게 비명이 터져 나왔다.

일라가 짐승처럼 패악을 부리든지 말든지, 눈 하나 깜

짝하지 않던 지소도 이것만큼은 크게 당황했다. 얼굴이 새파랗게 질려 그만 사색이 되었다.

기이한 고통이었다.

몸속에서 불길이 피어오르는 듯 격렬하게 피가 끓어올랐다가 한순간 차갑게 식어 내렸다. 솟구치던 혈류가 역류하면서 고통으로 얼어붙은 몸이 산산조각 떨어져 나가는 것 같았다.

일라는 눈을 뜰 수 없었지만, 시야에 들어왔던 모든 것이 사라지는 걸 느낄 수 있었다.

마음이 낱낱으로 흩어지고 있었다.

끝나지 않을 것 같던 통증이 비로소 잠잠해졌을 때 보이는 것도, 들리는 것도 없었고 냄새와 촉감마저 느껴지지 않았다.

그녀를 말리며 몸을 붙잡았던 위지의 강인한 손이, 귓가에 들리던 마리의 목소리가, 사방에 흩어진 약잔의 잔해와 내동댕이쳐진 다과상이, 여러 개의 외방을 통해 들어오는 부드러운 햇빛과 그녀가 들이마시던 장미 향 가득한 공기가 세상에서 지워져 더는 존재하지 않았다.

눈을 깜빡거려 봤지만, 아무런 차이가 없었다. 애초에 눈과 코와 입과 손발이 있었는지조차 알 수 없었다. 의식만이 살아 있을 뿐이었다.

'나는 죽은 건가?'

차라리 그편이 나을 것 같았다.

알 수 없는 약을 먹고 죽어가느니 고약한 성질머리 때문에 죽는 게 덜 분할 것 같았다. 어떻게 죽어도 결국 죽는 건 똑같지만 말이다.

육체의 무게마저 사라진 검은 허공 속에서 희미하게 시야가 열렸다. 청각과 후각과 촉각이 조금씩 또렷해지더니 우아한 춤처럼 느껴지는 기류가 그녀를 감싸 안았다.

일라가 눈을 떴을 때 이번에도 마리가 곁을 지키고 있었다. 지소와 함께였다.

두 사람은 일라가 깨어나는 걸 보곤 벌떡 일어나 그녀 곁으로 다가왔다.

지소의 얼굴에 걱정이 가득했다. 독약이 아니라는 그녀의 말은 거짓이 아니었다.

그렇지만 아무래도 상관없었다.

길고 고단한 어둠에서 깨어난 일라는 행여라도 잊을까, 눈앞에 펼쳐졌던 기이한 연대기의 한 구절을 곱씹었다.

그것은 종이나 양피지, 나무껍질이 아니었다. 심지어 글자도 아니었다. 마치 끝없이 이어져 이 세상을 절반으로 나누고 있다는 천산의 산맥처럼 보였다.

비록 티끌보다 적은 일부에 불과했지만 일라는 연대기를 읽었다.

문자도 아닌데 읽을 수 있다니, 이상한 일이었다.

"천간력 9540년, 17세의 해일라가 아맥의 형부로부터 사형을 선도 받은 지 사흘 만에 유가의 성벽에서 교수형 당하다.(형부는 그녀가 사악한 마력을 가진 마녀임을 판별했다)"

일라는 가까스로 침대에서 일어나 앉아 한참을 그러고 있다가 중얼거렸다.

"…마력이라고?"

chapter

02

—

신의
마법

I

마야.

신의 마법이라고 불리는 신비한 힘이었다.

마능이나 마력, 또는 술력으로 해석되는 마야는 동대륙에서도 진정한 의미를 아는 이가 많지 않았다.

일라는 마리가 서고에서 가져다준 책들을 뒤적여 보았지만 마야가 언급된 부분은 모두 고대어로 기록되어 읽을 수 없었다.

일라가 알아낸 건 마야를 사용하는 일이 일종의 마법이라는 사실뿐이었다.

마법은 수레가 저절로 움직인다거나, 한 달여 걸리는 먼 길을 단번에 갈 수 있다거나, 밤에도 대낮 같은 불빛을 비춘다거나, 하늘을 날아가거나, 물속을 다니거나, 죽어가는 사람을 소생시키는 기술이었다.

아맥과 주나에는 신관이 존재했다. 특히 주나에서는 신관의 위용이 국왕에 버금갔다.

반면 소본에는 신관이 없었다. 대중 사이에 민간 신앙이 널리 퍼져있긴 해도 종교는 중앙 정치와 완전히 분리된 지 오래였다.

신의 마법이라고 불리는 마야는 종교에서 기인한 힘이 아니었다. 신관이 예언을 통해 신의 뜻을 전하는 사람이라면, 마야은 타고난 개인의 능력이었다.

아맥에서는 신의 마법이라는 단어가 신성 모독이라면서 사용을 금지해야 한다고 주장했지만 소본에서만큼은 확고하게 신의 마법이라는 표현을 사용했다.

신의 마법이라고 불리는 만큼 마야를 제대로 다루는 실력 있는 마법사도 희귀했다.

동대륙의 모든 왕국은 마법사를 인재로 여겨 중앙 요직으로 불러들였다. 주로 신관을 통해 비밀스럽게 발탁했다.

그들의 존재는 그저 소문으로만 전해졌다. 소본만 해도 마야를 가진 자가 몇 명이나 되는지 파악되지 않았다.

마야가 어떤 원리로 발현되는가에 대해서도 알려진 바가 없었다. 그저 타고난 소질이 미약해도 후천적으로 발전시킬 수 있다는 정도뿐이었다.

일라는 마야에 관한 서책을 다시 꺼내 들여다보다가 이내 포기했다. 읽을 수 없으니 돼지 목에 걸린 진주였다.

탕약 사건 이후 내전에서 일하는 여관의 수가 부쩍 줄
었다. 그때까지 일라의 처소를 들락거리던 여관들은 간
데없고 마리와 어리 그리고 위지까지 단 셋만 남았다.
가실의 모습은 더는 보이지 않았다.

아무 말 하지 않았으나 일라는 내심 서운했다.

내전 여관들이 지소의 지시에 따른다는 사실을 모르
진 않았지만 설마 강제로 약을 먹이리라고 예상하지 못
했다. 특히 어리와 위지에게 몸을 붙들렸던 앙금이 쉽
게 가시지 않았다.

지소는 아무 일도 없었다는 듯 평소와 다름없이 일라
를 대했다.

일라는 삼관에게 그날에 대한 책임을 물어야 할까, 고
심했다.

지소에게 내전의 전권을 준 이들은 삼관이었다. 비록
일라가 꼭두각시 왕족일지라도 아랫사람이 왕족의 신
체를 구속하는 건 엄연한 중죄였다.

일라는 조금 더 상황을 두고 보기로 했다.

의식을 찾았을 때 눈에 들어왔던 지소의 표정이 못내
마음에 걸렸다. 어쨌든 지소를 마주하기가 영 껄끄러웠
다.

지소는 일라에게 더는 탕약을 먹이려 들지 않았다. 게다가 삼관의 허락을 받았는지, 수정궁 안이라면 일라가 어딜 가도 통제하지 않았다. 일라의 처소에 잘 드나들지 않았고 그저 하루에 한두 번 말없이 그녀를 살피는 것이 전부였다.

마야에 대한 정보를 더는 찾을 수 없자 일라는 답답한 마음에 하루에도 여러 번 산책을 나갔다.

어느덧 의자 없이 궁을 거닐 수 있었다. 아직 정전에 이르는 정도지만 조만간 수정궁 전체를 돌아다닐 체력이 생길 것이다. 규칙적으로 몸을 움직이니 마음도 한결 가벼웠다.

일라는 장향전 뒤뜰로 향했다.

밝은 대낮에도 우거진 자작나무 숲으로 그늘이 졌다. 하늘을 향해 곧게 뻗은 자작나무의 하얀 기둥이 시원해 보였다.

나무 기둥 사이로 눈에 잘 띄지 않는 좁은 돌계단이 나타났다.

반듯한 돌로 규격에 맞춰 쌓아 올린 계단은 일직선으로 곧게 뻗어 멀리 나아가는 듯한 느낌을 주었다. 아래에서는 계단 위가 보이지 않았다.

돌계단 앞에 서자 돌아보지 않아도 마리가 긴장했다는 걸 알 수 있었다.

일라가 물었다.

"마리, 계단을 올라가면 뭐가 있지?"

"왕녀님, 저도 올라가지 못한 계단입니다. 망루가 있다고 하는데 깎아지른 절벽이 위험해서 출입이 금하고 있어요."

출입 금지가 아니더라도 일라의 체력으론 저렇게 많은 계단을 올라갈 수 없었다. 하지만 아랑곳하지 않고 돌계단을 한 걸음 올라갔다. 과연 몇 개의 계단을 오를 수 있을까, 호기심이 끓어올랐다.

역시 열 계단도 채 이르지 못하고 진이 빠졌다. 그 덕에 의욕이 치솟았다. 계단을 끝까지 올라가겠다는 즉각적인 목표가 생겼다.

문득 일라의 머릿속에 마야를 가진 어떤 사람이 떠올랐다. 그러고 보니 그녀를 검진하는 어의에게 마야가 있다고 했다.

어의 '이태'는 여하국 너머 구루 땅에서 온 이민족 출신이었다. 오십을 바라보는 그는 소본에서 나고 자랐지만, 출신의 한계로 인해 중앙 관리가 아닌 의관이 되었다.

낯빛이 검고 작은 눈과 과묵한 입을 가진 이태는 일라가 어렸을 때부터 그녀의 건강을 돌봤다.

수정궁의 여러 의관 중에 내전을 드나드는 어의는 이태가 유일했다.

일라는 검진 온 이태에게 간담을 청했다.

"어의께서는 마야를 지녔다는데 그게 사실인가요?"

이태는 일라를 가만히 살폈다.

그에게는 열병을 앓은 후 인격까지 변한 듯한 일라가 여전히 낯설었다.

"그저 보잘것없는 잔재주일 뿐입니다."

"마야란 게 무엇인지 알려주세요. 저의 낮은 학문으로는 이 책들을 도무지 읽을 수가 없어요."

일라는 옆에 쌓아놓은 몇 권의 책을 가리켰다. 이태는 서책을 집어 유심히 보았다.

그는 감정 표현이 적고 침착한 인물이었다. 서책을 내려놓은 후에도 곰곰이 생각한 끝에 입을 열었다.

"왕녀님, 마야란 그 힘의 범위가 워낙 넓어서 단순하게 정의하기 어렵지만, 동대륙에서는 기를 다루는 능력으로 알려져 있습니다. 그 정도가 보통의 범위를 넘어서기 때문에 신의 마법이라고 불리는 거지요."

이태는 일라가 알아듣기 쉽게 설명했다.

"기가 무엇인지 왕녀님께서도 알고 계실 겁니다. 모든 사물은 본연의 힘을 가지고 있습니다. 이 힘의 원천이 바로 기입니다. 기는 세상 어디에나 있습니다. 사람에게도, 짐승에게도, 심지어 돌과 바람조차도 기를 지닙니다. 생명을 살아있게 만드는 기운을 생기라고 부릅니다. 사람이 죽으면 생기도 사라집니다. 그렇지만 기가 완전히 소멸하는 것은 아닙니다. 기는 소멸하지 않고 대상에 따라 본질을 바꿉니다. 물의 기가 나무를 무럭무럭 자라게 만들어 나무의 기로 바뀌는 것처럼 말이지요. 이렇듯 세상에는 수많은 종류의 기가 존재하지만 기는 결국 하나로 통합니다. 사람은 누구나 기를 타고납니다. 선천적으로 기가 강한지, 약한지 차이가 있을 뿐입니다. 마야는 기에 작용합니다. 보통 사람에게는 보이지도, 느껴지지도 않는 기를 물리적인 형태로 사용할 수 있지요."

"보이지도, 느낄 수도 없는 것을 사용하다니, 어떻게 그럴 수 있는 거죠?"

"이 세상의 서쪽 끝에서는 말과 단어로 기를 다룬다고 합니다. 언어를 사용하는 거지요. 우리 동대륙은 언어가 아닌 마음을 사용합니다. 그래서 더욱 어렵습니다. 언어와 달리 마음은 그것이 있다는 걸 누구나 알지만, 눈으로 볼 수 없고, 귀로 들을 수도 없고, 냄새를 맡거나 피부로 느낄 수 없습니다. 마법이란 마야를 사용해 구체적인 결과로 만들어내는 기술입니다. 실체가 없는 것을 실체로 바꿔야 하는, 상당히 어려운 고난도의 기술이지요."

마음을 사용한다는 것이 무슨 의미인지 간단히 이해할 수 없었다.

일라가 그에게 청했다.

"어의께서는 마야가 있다고 하니, 그걸 좀 볼 수 있을까요?"

"말씀드린 대로 저의 마야는 미약합니다. 고작해야 상처를 조금 빨리 낫게 하는 정도입니다."

일라는 마리를 가까이 불렀다.

"마리, 어의에게 네 손목을 보여 드려."

마리가 잠시 주저하다가 이태에게 손목을 내밀었다. 가느다란 손목에 시퍼렇게 멍이 든 자국이 있었다.

어디서 뭘 하는지 모르겠지만, 마리를 종종 그런 상처를 입었다. 때로는 얼굴에 찰과상을 입었다. 일라가 물어도 그저 넘어졌다고만 할 뿐 입을 다물었다. 내전 여관 사이에서 불화가 생긴 건 아닌 듯했다.

이태는 마리의 손목을 이리저리 살펴보더니 자신의 손으로 멍을 감쌌다. 한참 후 그가 손을 거두자 여전히 손목의 멍이 남아있었지만, 마치 며칠이 지난 듯 상태가 확연하게 나아졌다.

일라는 경탄했다.

어둠의 연대기에 의하면 그녀에게는 사형을 당할 정도로 강한 마야가 있다.

일라가 이태에게 물었다.

"나에게 마야가 있나요? 그러니까 기를 다루는 능력 말이에요."

이태는 말없이 일라를 바라보았다. 그의 눈동자가 순간 깊어진 것 같았다.

그는 마리의 손목을 덮은 자신의 손에서 기가 운용되는 것을 보았냐고 물었다. 일라는 고개를 가로저었다.

"왕녀님께서 마야를 지니셨다면 분명 저의 기가 여관의 상처를 어떻게 치료했는지 보실 수 있었을 겁니다.

마야를 가진 자는 기를 봅니다. 기는 강할수록 잘 보입니다. 심지어 거대한 기는 마야가 없는 사람도 알아볼 수 있습니다. 하지만 보통 사람은 그 기가 어디에서 왔고 어떻게 작용하는지 알지 못하지요. 반면 마야를 가진 사람은 아주 작은 기도 감별할 수 있고 자신의 기를 숨길 수도 있습니다. 그러나 그것도 진정 뛰어난 마야를 가진 사람 앞에서는 아무런 소용이 없습니다."

이태가 이어 말했다.

"왕녀님, 송구스럽게도 왕녀님께서는 마야를 가지고 있지 않습니다."

뛰어난 마야를 가진 사람은 사물의 본질을 파악한다. 자신의 기 뿐만 아니라 다른 기, 이를테면 물과 돌, 흙, 불, 나무의 기를 운용할 수 있고, 사람의 기에도 관여할 수 있다.

이태는 세상 만물의 기는 균형을 이루고 있다고 말했다. 한쪽이 얻으면 다른 한쪽은 잃는다. 한쪽이 뜨거워지면 다른 한쪽은 차가워진다.

"왕녀님, 만약 뛰어난 마야를 가진 사람이 사악한 마음을 먹는다면 어떻게 될까요? 의식을 명료하게 유지하여 마음을 닦는 일이란 세상에서 가장 어려운 일입니다. 그 점에 있어서는 마야를 타고난 사람이라고 해도 보통 사람과 다를 바 없습니다. 똑같이 고통스러운 과정을 겪어야 합니다. 오히려 마야를 지녔기 때문에 마음이 망가질 가능성이 매우 큽니다. 강한 마야를 타고난 자 중에는 그러한 자들이 허다했습니다. 집착과 욕심과 분노와 슬픔 같은 일그러진 마음이 미쳐 날뛰어 끝내 사람의 마음을 잃어버린 자들 말입니다."

이태는 덧붙였다.

"그런 마음은 강력한 마야를 올바르게 사용할 수도 없으며 종국에는 그로 인해 자멸합니다. 그 과정에서 사람과 짐승과 그들이 사는 세상의 하늘과 흙과 물과 불과 바람이 커다란 재앙을 겪고 결국 멸망에 이르지요. 그러니 마야란 준비되지 않는 자에게는 축복이 아닌 저주가 될 수밖에요."

그의 마지막 말이 의미심장했다.

마야는 놀라운 능력이지만 그것이 능사가 아님을 어렴풋이 짐작할 수 있었다.

이태가 돌아간 뒤 일라는 곰곰이 생각했다. 그녀에게 마야가 없다는 건 어둠 속 연대기가 틀렸다는 의미였다.

'역시 꿈이었어.'

일라는 마력을 가진 마녀도 아니었고, 가까운 미래에 사형을 당하지도 않을 것이다. 모든 것은 열병의 후유증에서 비롯된 착각이었다.

그러나 의문은 여전했다.

그녀 앞에 풀어야 할 문제가 산더미 같았다. 그나마 교수형을 당하지 않으니 다행이었다.

II

일라는 여름 내내 계단 오르는 일에 집중했다.

아침 일찍 일어나 오후가 되면 산책을 했고 자기 전에는 뭉친 근육을 풀었다.

무거웠던 몸이 점차 가벼워졌다. 팔다리를 움직일수록 활기가 생겼다.

물건을 정리 정돈하고 방을 치우는 일도 직접 했다. 청소하는 왕녀의 모습에 마리와 어리는 소스라치게 놀랐지만, 지소는 아무 말 하지 않았다.

햇빛이 어스레하게 잠기는 늦은 오후가 되면 일라는 뒤뜰로 나가 자작나무 언덕의 돌계단을 올랐다.

열 계단부터 시작해서 차츰 스무 계단, 오십 계단, 숫자를 늘려갔다.

선선한 바람이 불어오는 가을이 지나 어느덧 서리가 내릴 즈음, 일라는 백 개의 돌계단에 오를 수 있었다.

그녀는 두 무릎에 손을 대고 상체를 숙인 채 숨을 몰아쉬었다. 계단 위를 올려보아도 여전히 끝이 보이지 않았다.

앞뜰에서 바라본 장향전 뒤로는 푸른 하늘과 자작나무 숲의 끝부분뿐이었다. 언덕이 이토록 높으리라곤 예상하지 못했다.

일라와 똑같이 계단을 오른 마리는 평지를 걷는 듯 숨 한번 고르지 않았고 자세에도 흐트러짐이 없었다.

최근 마리는 마음을 그대로 드러내는 일이 줄었다. 일라의 예상치 못한 행동에도 당황하지 않았다. 애를 쓰며 계단을 오르려는 일라를 만류하지도 거들지도 않았다.

언젠가부터 마리의 자리가 동향 외방으로 옮겨졌다. 내방과 외방 사이엔 발이 내려져 있었다.

마리는 여전히 일라의 일거수일투족을 파악할 수 있었지만, 일라는 왠지 모를 허전함을 느꼈다.

일라는 지소를 따르는 내전 여관들을 신뢰할 수 없었다. 가능하면 그녀들과 거리를 두고 마음을 닫으려고 했다.

그러나 함께 지내는 시간이 길어지면 말없이 자기 일만 하는 와중에도 미묘한 유대감이 형성되기 마련이었다.

일라에게 친밀한 인간관계란 내전에서 마주하는 그들뿐이었다.

일라는 후들거리는 다리를 끌고 계단을 내려가면서 말했다.

"마리, 요즘 장향전으로 오는 시간이 늦는 것 같아. 얼마 전까지만 해도 날이 밝기 전에 왔잖아. 아침에 눈을 뜨면 항상 네가 보였는데."

"왕녀님께서 필요하시다면 언제든 새벽에 처소로 가겠습니다."

"그럴 필요 없어. 네가 늦잠을 잘 리는 없고, 그 시간에 뭘 하는지 궁금해서 해본 말이야."

마리가 망설이다가 입을 열었다.

"새벽마다 검법을 배우고 있어요. 상시님께서 권하셨어요. 내전을 지키는 여관과 위병의 수가 줄어서 그 몫까지 해야 한다고요. 그렇지만 아직 검을 다룬다고 말할 실력은 아니에요. 이제 막 기본기를 끝냈는데 여전히 서툴기만 해요."

"무예까지 익혀야 한다니 내전 여관은 정말 힘들겠어. 손목이나 얼굴에 멍이 보여서 걱정했는데 무예를 익히느라 그랬구나. 어쩐지 네 몸이 훨씬 튼튼해진 것 같아. 마치 궁중 무사처럼 말이야."

마리는 고개를 가로저었다.

"아니에요. 기초 수련을 몇 년이나 계속했는데도 근육이 한참 부족해요. 왕녀님이야말로 달라지신 걸요. 예전에 비해…."

"가벼워졌다고?"

마리가 말끝을 흐리자 일라는 냉큼 주워 말했다.

"용서하세요. 왕녀님의 외모를 입에 담으려고 했던 건 아니에요."

"괜찮아. 나도 튼튼한 몸을 만들려고 하는 중이야. 우리 둘 다 노력하고 있구나."

두 사람은 장향전으로 돌아왔다. 일라의 방에 어리가 미리 준비해 놓은 다과상이 놓여 있었다.

일라는 다과상 앞에 앉아 다우를 먹으려다가 그릇을

손에 쥐고 내용물을 유심히 살펴보았다.

다우는 물소나 염소의 젖을 끓여서 만든 죽이었다. 꿀과 당밀을 넣어 맛이 달고 담백했다. 일라의 입에도 잘 맞아 어리가 빠뜨리지 않고 챙겨다 주는 간식이었다.

일라는 처음 마리가 가져다주었던 다우를 떠올렸다.

맛과 색이 지금과는 달랐다. 우유, 꿀, 당밀의 독특한 풍미가 부딪혀 거슬릴 때가 있었다.

그런데 어느 순간 그런 껄끄러움이 사라졌다. 불순물이 완전히 제거되어 새하얀 백색을 띤 다우는 지나치게 깔끔하면서 먹기도 편했다.

일라는 문득 마법이 무엇인지 이해할 수 있었다.

마야는 강력하고 대단한 능력이지만, 사물의 가장 작은 단위에 작용한다. 마야로 변화시킨 사물은 의외로 쉽게 찾아볼 수 있었다.

내전 곳곳에는 사소한 마법이 걸려 있었다.

일라의 방을 중심으로 상수와 하수, 난방과 냉방, 세탁과 청소, 개인 청결에 이르기까지, 모든 게 지나칠 정도로 청결했고 쾌적했다.

일라는 고개를 들어 방을 둘러보았다. 옷풍도 없고 천장과 바닥의 공기가 균일하게 따뜻했다.

마법이었다.

비록 마법을 알지 못했지만 가실도 막연하게나마 그걸 느꼈다.

그녀가 부러워했던 내전 여관들은 풍기는 냄새와 피부나 손톱 혹은 구강에서 드러나는 건강 상태가 가실과는 확연하게 달랐다.

더위와 추위, 영양부족과 질병, 더러운 환경에 시달려야 했던 가실에게 내전은 신세계나 마찬가지였다.

일라는 비로소 가실이 절실하게 내전 여관이 되려고 했던 이유를 알 것 같았다.

다음 날 아침 일라는 마리와 함께 궁중 약방으로 향했다. 그간 운동의 효과는 확실해서 내전을 벗어나 수정궁 여기저기를 다닐 수 있었다.

약방이 있는 명선당 건물은 정전보다 멀었다. 내전에서 정전까지는 성인 걸음으로 2각이면 닿고도 남지만 명선당은 그보다 세 배는 더 가야 했다.

부쩍 추워진 날씨에 관상용 활엽수들이 앙상하게 잎을 떨궜다.

"사람도 별로 없는데 궁이 너무 넓은 것 같아."

일라가 차가운 공기를 크게 들이마시면서 툴툴거렸다.

"주요 기관은 벌써 강 아래 은궁으로 옮겨갔어요. 그 덕에 궁이 한산하네요."

"주요 기관?"

"예부를 비롯해 국사를 돌보는 여러 문무부서요."

"나도 그 정도는 알아."

일라는 비어있는 정전을 돌아보았다.

소본성에서 가장 많은 수의 가옥과 상업시설이 밀집된 중심가는 강 상류에서 한참 떨어진 저지대였다. 그곳에 왕실의 별궁인 은궁이 있었다.

제후의 부재가 계속되면서 소본의 행정 기관들은 차츰 수정궁에서 은궁으로 옮겨가는 중이었다.

소수의 관리와 위병만 남은 웅장한 전각이 대낮에도 고요했다. 한때 소본의 정무를 돌보는 곳이었지만 이제는 관례나 잔치 같은 특별한 의례를 치를 때만 사람이 들었다.

수정궁에는 정전과 내전 건물들을 비롯해 크고 작은 전각이 수십 채였다. 왕족이 영위하던 학당이나 생활관, 침전들은 용도를 달리하거나 비워졌다.

소본의 해씨 일족이 권력에서 멀리 떨어져 나간 것이 눈에 보였다. 직계 왕족이라곤 일라뿐이니 당연한 일이었다.

방계 일족이라도 찾아 왕으로 옹립할 법도 한데 그런 움직임은 없었다. 비록 자리를 비웠지만, 아직 함달이 살아있기 때문일 것이다.

명선당 약방에 도착하니 이태가 벌써 밖으로 나와 일라를 기다리고 있었다.

발이 빠른 위지가 한걸음 먼저 달려가 일라의 방문 소식을 전했다. 위지의 모습은 벌써 보이지 않았다. 약방의 의관들도 자리를 피한 후였다.

약방 천장에는 종이로 감싸 짚으로 매단 약재 주머니가 빼곡했다. 창문이 없는 내벽으로 작은 서랍이 잔뜩 달린 약재함 여러 개가 나란히 놓였고 바닥에 늘어놓은 네모반듯한 상자와 바구니마다 나뭇가지와 열매, 원형을 알 수 없는 딱딱한 조각들이 담겨있었다.

약을 제조하는 널찍한 탁자 위에 방망이가 달린 돌절구와 침통이 가득했다. 탁자 한편에 쌓여 있는 문서와 서책에 기록된 그림과 표식이 묘했다.

이태는 일라를 명선당 안쪽 방으로 안내했다. 손님을

맞거나 공사를 처리하는 깔끔한 방 안까지 약초 냄새가 진하게 배어 있었다.

검은 옷깃을 댄 저고리를 입은 의녀 한 명이 일라 앞에 이름을 알 수 없는 다과와 차를 공손하게 놓았다. 마리는 입구 가까이 몸을 돌려 앉았다.

일라가 말했다.

"어의께 마법을 판별하는 방법을 묻고 싶어서 찾아왔어요."

"왕녀님, 말씀드렸듯 마법은 마야을 가진 자만이 알아볼 수 있습니다."

"알고 있어요. 하지만 마야가 없다고 마법을 완전히 구분할 수 없는 건 아니잖아요. 그렇죠?"

"그렇습니다만, 마치 소경이 더듬더듬 길을 걷는 것처럼 짐작만 할 뿐이지요. 마야가 어떻게 발현하고 어떻게 마법으로 운용되는지 파악하지 못합니다."

"상관없어요. 그렇게라도 마법을 알아보는 방법을 알려주세요."

이태는 알겠다는 듯 일라에게 설명했다.

"왕녀님, 거대한 기는 마야가 없는 사람이라도 느낄 수 있다고 말씀드렸지요? 반대로 마법, 즉 마야를 사용하는 기술은 작고 조잡할수록 쉽게 찾을 수 있습니다. 왕녀님 말씀대로 마야가 없는 사람이라도 찾아낼 수 있습니다."

그가 말을 이었다.

"마법이 능숙한 자는 다른 사람이 알아채기 어려운 마법을 사용합니다. 복잡한 능식을 사용해서 마법을 걸었다는 사실을 숨길 수 있지요. 뛰어난 마법일수록 사람들 눈에 잘 띄지 않습니다. 마야를 가지지 못한 평범한 사람이라면 주변을 잘 관찰하고 이치에 맞지 않는 기이함을 파악하는 것으로 마법의 유무를 판단하는 수밖에 없지요. 하지만 우리가 사는 세상에는 마법이 아니더라도 기이한 현상이 종종 나타나기 때문에, 그것이 마법인지 아니면 인간이 아직 이해하지 못하는 자연 현상인지 구분하기 어려운 경우가 적지 않습니다. 마야의 경우도 마찬가지입니다. 마야가 매우 높은 자는 언뜻 마야가 없는 것처럼 보이기도 하고 일부로 마야를 숨길 수도 있습니다. 하지만 대개 감추기 어렵지요. 마야가 높은 자일수록 다른 이의 마야를 단번에 간파합니다."

일라가 그에게 물었다.

"어의는 나에게 마야가 없다고 했죠?"

"네, 그렇습니다."

"혹시 내가 어의보다 뛰어난 마야를 가지고 있어서 알아채지 못한 건 아닐까요?"

"높은 경지의 마야란 그저 선천적으로 타고난 것만은 아닙니다. 타고난 마야가 가장 중요하지만 처음부터 강력한 마야를 운용할 순 없어요. 마야와 마법은 우리 몸의 근육에 비유할 수 있습니다. 우리 몸은 근육을 사용해 자유롭게 움직입니다. 마야가 근육이고 마법은 근육으로 하는 운동이라고 여기면 쉽습니다. 선천적으로 강한 근육을 가지고 태어난 사람이라도 움직이지 않으면 근육이 퇴화합니다. 반면 오랜 시간 꾸준히 근육을 단련시킨 사람은 한눈에 알아볼 수 있을 정도로 날렵합니다. 그러한 날렵함으로 여러 가지 일을 할 수 있지요. 마찬가지로 갈고 닦지 않은 날것의 마야는 몸만 튼튼할 뿐 기술 없는 무예와 같습니다. 훈련과 경험이 쌓여야 비로소 깊은 경지의 마야에 이를 수 있습니다. 어떤 이는 평생이 걸리기도 합니다. 만약 왕녀님께서 저보다 높은 마야를 타고 나셨고 그 마야를 감추고 싶다면 반드시 훈련을 거치셔야 합니다. 무엇보다 왕녀님께서는 기를 보실 수 없다고 하셨습니다. 기를 보는 능력이야말로 마야를 가늠하는 재능으로, 배우지 않더라도 보고 느낄 수 있어야 합니다. 마야가 낮은 자를 단번에 파악하는 것도 다른 이의 기를 파악하는 능력에 따른 것이니까요."

일라는 고개를 끄덕였다.

"그럼 마법을, 그러니까 대단한 마법 말고 그냥 자잘한 것들요, 알아채려면 어떻게 해야 하나요?"

"왕녀님, 오늘 바람이 불던가요? 얼굴을 스치는 바람 말입니다."

"바람? 바람이야 매일 불죠. 수정궁은 호수 옆이니까요."

"그 바람이 언제 어떻게 왕녀님의 얼굴을 스쳐 지나가던가요?"

"그걸 무슨 수로 기억하나요? 늘 내 얼굴을 스쳐 가는데요."

"기억하지 못하는 것이 아니라, 주의를 기울이지 않았기에 기억나지 않는 것입니다."

일라는 미간을 찡그렸다.

이태의 설명은 알 듯 모를 듯했다.

"왕녀님, 주의를 기울여 집중하는 능력부터 연마하세

요. 그렇다면 마야를 감지하고 마법을 파악하는 안목도
생길 겁니다."

결국 스스로 판단해야 한다는 의미였다.

기대했던 대답이 아니어서 실망했지만, 곰곰이 따져
보면 영 터무니없는 말은 아니었다.

앞을 볼 수 없는 이에게 눈으로 볼 수 있는 방법 같은
것은 없었다. 눈이 아닌 다른 감각으로 대체해야 하는
데 자신에게 어떤 감각이 남아있는지, 그 감각으로 어
떻게 시각을 대체할 지 본인밖에 모른다.

일라는 그의 말을 받아들였다.

"알겠어요. 그리고 한 가지 더, 지소부인이 말하길 내
가 특이한 체질을 가졌다고 했어요. 사실인가요?"

"사실입니다."

지소가 엉겁결에 한 거짓말인 줄 알았는데 진짜였다.

"어떻게 특이한데요?"

"왕녀님, 혹시 어린 시절 배우셨던 소본사를 기억하
십니까?"

"소본의 역사?"

일라는 열한 살까지 글을 쓰고 읽는 법을 배웠다. 꽤
수준 높은 문집도 읽었다고 했다. 그러나 왕족이라도

여성이 배워야 할 학문은 깊지 않았다. 그녀는 아맥의 황실 가계도를 이따금 숙지할 뿐, 공부를 계속하지 않았다.

일라가 꿀 먹은 벙어리처럼 입을 다물고 눈만 깜박거리자 이태는 깊은 한숨을 쉬었다.

"모두 잊으셨군요. 설마 했는데 정말 기억을 통째로 잃으셨을 줄이야."

그가 일라의 잔에 새로 찻물을 따라주면서 덧붙였다.

"왕녀님, 그러시다면 역사부터 다시 공부하시는 편이 좋을 것 같습니다."

이태는 다시 수업받을 수 있도록 지소에게 말해두겠다고 했다.

일라는 군소리 없이 고개를 끄덕거리면서 의녀가 내온 다과를 입에 넣었다. 졸인 산딸기를 넣은 새하얀 덩어리가 부드럽고 시원했다.

"이건 마법이에요."

일라의 말에 이태가 의외라는 표정을 지으면서 대답했다.

"맞습니다. 이것은 제가 건 마법입니다. 어떻게 아셨습니까?"

"그냥요. 지나치게 달고 부드러운데 아무런 풍미가 없어서 이상했어요."

일라가 이번에는 물잔을 들어 올리면서 말했다.

"이 물은 마법이 아니에요. 진짜 맑은 물이죠."

유리잔에 든 물은 불순물이나 잡내 없이 맑고 시원했다. 수정 호수의 물이었다.

소본성에서는 깨끗한 호숫물 덕분에 평민들까지 자주 씻을 수 있었고 성내에 전염병이 돌았던 적도 없었다.

이태의 얼굴에 뜻밖이라는 미소가 스쳤다.

"잘 맞추셨습니다. 사실 조잡한 마법으로 바꾼 다과는 진짜에 비할 수 없습니다. 제 욕심에 억지로 질감과 맛을 바꿨어도 진짜는 아니지요. 사물을 바꾸는 진정한 마야란…."

그는 시선을 내리면서 말을 아꼈다.

그의 주변 공기가 조금 무거워진 것 같았다.

일라가 분위기를 바꿔 물었다.

"어의께서는 가족이 있나요?"

"처와 딸자식이 있습니다."

"그렇다면 집은 궁 밖 민가에 있겠군요."

"그렇습니다."

"여식은 올해 몇 살인가요?"

"스물둘입니다. 과년한 나이인데 시집을 안 가겠다고 고집을 부립니다. 부모로서 가슴이 아프지만 본인 뜻이 정 그러하다니 소소한 의술이나 가르치면서 그냥 옆에 두려고 합니다."

이태는 전혀 가슴 아프지 않은 얼굴로 대답했다.

"언제 한번 내전에 들르라고 하세요. 얼굴이나 보면서 같이 차를 마시고 싶어요."

일라가 들뜬 목소리로 말했다.

"…감사합니다."

이태의 미지근한 반응에 일라의 흥분이 금방 가라앉았다.

그녀는 권력에서 밀려난 왕족이었다. 내전 출입이 자유로워지고 수정궁 곳곳을 돌아다닐 수 있었지만, 귀족들은 이제 수정궁 대신 은궁 주변으로 몰려들었고 여전히 그녀는 찾는 사람은 없었다.

일라는 조금 민망함을 느끼곤 서둘러 명선당을 나섰다.

북풍이 매서웠고 곳곳에 한기가 들기 시작했다.

수정궁에 겨울이 찾아왔다.

소본의 겨울은 길고 혹독했다. 10월이 끝날 무렵 시작해 4월이 돼서야 누그러졌다.

겨우내 일라는 마법과 마법이 아닌 것을 구분하는 일에 재미를 붙였다.

나름의 요령과 감을 익힌 그녀는 마치 글을 깨치자마자 여기저기 쓰인 글을 찾아 읽어 내려가는 아이 같았다. 어떤 것은 지식으로, 어떤 것은 확실한 기운으로 마야를 감지하고 마법을 풀어낼 수 있었다.

장향전의 마법은 차가운 겨울에 더 잘 보였다.

추위가 들어오지 않도록 창문틀 좁은 사이를 막는 것도, 온돌을 달구는 아궁이의 연기가 방에 스미지 않는 것도, 방안에 옷풍이 생기지 않는 것도, 건조한 공기에 물기가 스미도록 하는 것도 마법이었다.

비록 기의 흐름이나 원리까지 파악할 순 없어도 마법을 보는 일라의 식견만큼은 빠르게 발전해서 거의 직감으로 알아챌 수 있었다.

마법을 알아보는 재주가 늘자 일라는 기억을 잃은 후 처음으로 기뻤다.

잘할 수 있는 일을 드디어 찾은 것 같았다. 일라로선 재능을 보이는 유일한 분야였다.

일라는 왕녀였지만 마리와 위지에 비해 제대로 할 줄 아는 것이 없었다. 마리처럼 두뇌가 명석하지도 않았고 위지처럼 뛰어난 체력과 강인한 정신력을 지니지도 못했다.

일라는 자신이 내전 여관이었어도 왕녀인 자신보다 지소를 더 신뢰했을 거라고 씁쓸하게 생각했다.

돌계단이 얼어붙기 시작하면서 지소는 위험하다는 이유로 뒤뜰 출입을 금했다. 딱히 반박할 수 없는 사실이라 일라도 군소리 없이 그녀의 말을 따랐다.

일라의 몸은 누가 보아도 예전과 달랐지만, 아직 체력과 운동 신경이 뛰어나다고 말할 순 없었다.

눈보라가 휘몰아치고 폭설이 쏟아져 더는 밖으로 나갈 수 없게 되자 일라는 내전 2층에서 일주일에 네 번, 소본의 역사와 고대어, 동대륙 표준어와 아맥어 그리고 지리와 풍토를 다시 배우기 시작했다.

서궁 운한각의 사서로 일하는 밀우가 이태의 추천으로 교사가 되었다.

학당이 된 장향전 2층 넓은 방에는 교사와 학생을 위한 긴 탁자와 의자가 놓였다.

수업이 시작되면 마리는 어김없이 입구 가까이 따로

놓인 의자에 앉아 시선을 다른 곳에 두었다.

일라는 마리의 자리를 자신의 옆으로 옮기도록 했다. 마리가 수업을 유심히 듣고 있다는 걸 알아챘기 때문이었다.

마리는 값비싼 장신구를 바라보는 가난한 여인처럼 밀우의 수업에 애써 관심을 두지 않으려고 했다. 그럼에도 자꾸 지도와 서책으로 시선이 갔다.

일라는 마리에게 특별한 호의를 베푸는 게 아니라고 생각했다. 그녀로서는 누군가의 순수한 열망이 날개가 꺾여 죽어가는 과정을 보고 싶지 않았을 뿐이었다.

마음을 들킨 게 싫었는지 마리는 탁자에 앉아서도 한동안 모르는 척 서책을 들추지 않았다.

얼마 지나지 않아 밀우의 학생은 두 명으로 늘었고 우수한 쪽은 말할 것도 없이 마리였다.

새로운 지식을 접하는 마리의 눈에 전에 없던 광채가 빛났다. 궁중 여관으로 기초적인 교육만 받은 마리에게 밀우의 수업은 가뭄에 내리는 단비 같았다.

Ⅲ

소본은 모계사회의 전통을 바탕으로 여왕이 통치하던 나라였다.

마야를 가진 여왕을 중심으로 삼관의 통치 아래 각 문무부서의 수장이 모인 의서성이라는 의결 조직에서 국사를 결정했다.

최고 결정권자는 여왕이었지만, 의외로 여왕의 승인이 필요한 경우는 많지 않아서 대개는 삼관이 국정의 방향을 결정했다. 여타 동대륙 국가와 달리 신관의 역할을 여왕이 대신한 형태였다.

삼관은 왕실 대표 한 명과 귀족 대표 한 명, 그리고 한 명의 왕족, 세 사람으로 이루어졌다.

소본이 아맥의 제후국이 된 후로는 두 명의 귀족 대표와 한 명의 상인 대표로 바뀌었다.

삼관 중에서도 가장 큰 권력을 행사하는 사람은 세대마다 달랐는데 현재는 계노가의 도량이라고 했다.

"여왕이 다스렸다고요?"

일라가 밀우에게 물었다.

짙은 색의 두꺼운 두루마기를 두르고 관모를 쓰지 않은 채 부스스한 머리를 아무렇게나 묶은 밀우가 일라를 향해 고개를 돌렸다. 그의 앞에 커다란 동대륙 지도가 걸려 있었다.

스물일곱 살인 밀우는 학식이 깊었고 마야와 마법의 원리에 대해서도 해박했다. 중앙 요직으로 진출해 출세 가도를 달릴 수 있는 전도유망한 인물이었지만 성격상 권력을 극도로 꺼리는 바람에 운한각에 처박혀 책 먼지 나 뒤집어쓰는 중이었다.

"그렇습니다. 겉으로는 여왕의 전제군주정이지만 실제로는 삼관에 의한 의회정치라고 보시면 됩니다. 지금 까지 변함없이 이어지는 소본의 정치 체계입니다."

"그럼 언제부터 아맥의 제후국이 되어 국왕이 다스리 는 나라로 바뀐 건가요?"

"그게…, 사실 얼마 되지 않았답니다. 왕녀님의 아버 님, 준왕 전하가 소본의 초대 국왕이십니다."

일라는 내심 충격을 받았다.

그녀의 생부인 함달은 아맥 황실 출신이었다. 선대 여 왕의 혈통은 함달이 아니라 담혜였다.

원래대로라면 함달과 담혜 사이에 태어난 아들이 권 좌에 올라야 했지만 담혜의 죽음으로 미래의 국왕이 바 뀌었다.

"학사, 아버지께서는 왜 소본성이 아닌 아르에 계신

건가요?"

일라에게는 무엇보다 궁금한 사안이었다. 소본의 권력가들은 함달이 두 번 다시 돌아오지 않으리라는 듯 은궁으로 이주하는 중이었다.

하루가 다르게 수정궁 전각이 비어갔고 인적이 드물다 못해 고요한 내전 주변은 소본의 겨울과 함께 꽁꽁 얼어붙은 것 같았다.

"준왕 전하의 뜻이었습니다. 왜 그런 결정을 내리셨는지 저희도 모릅니다. 어차피 왕녀님께서 생산하신 왕자님이 보위에 오르실 테니 굳이 소본에 머물러야 할 이유가 없다고 하시면서⋯."

'머물러야 할 이유가 없다고?'

일라는 말없이 시선을 내렸다. 밀우가 위로하듯 덧붙였다.

"준왕 전하께서는 경선 왕후의 승하로 인해 몹시 괴로워하셨습니다. 아마도 그 때문이겠지요."

"대대로 여왕이 마야를 물려받았다고 했는데 그럼 어머니에겐 마야가 있었나요?"

일라가 재차 물었다.

"경선 왕후께서는 왕녀님과 마찬가지로 마야가 발현

되지 않았다고 들었습니다."

밀우는 침울해진 일라의 기분을 의식한 듯 대신 일라의 외할머니였던 안후 여왕의 마야가 얼마나 대단했는지, 그녀의 현명함이 어떻게 소본을 구했는지 늘어놓았다.

소본의 여왕은 대대로 마야를 물려받았다. 여왕에게 발현되는 마야는 세대마다 조금씩 달랐지만 하나같이 강력했다.

소본의 62대 여왕이었던 안후 여왕 순타는 특히 바람과 기후에 관여하는 마야를 가졌다고 했다.

그녀는 열다섯 나이에 여왕의 자리에 올랐고 마야를 이용해 마법을 구사하는 강력한 군대를 육성했다. 소본은 아맥과 시라, 여하국과 함께 미지의 북부 땅과 국경을 접하고 있었다.

아맥과는 높은 산맥에 가로막혀 시간을 벌 수 있었지만 영토를 맞대고 세력을 늘리던 여하국과 필연적으로 분쟁에 휘말릴 수밖에 없었다.

순타는 군사력을 앞세워 주변국과 평화협정을 체결하고 무역을 장려했다.

아맥이 본격적인 북방 정복을 위해 3만의 대군을 이

끌고 소본을 침략했을 때도 단 두 차례의 방어 전투만으로 정전 협정을 이끌어낼 수 있었다.

두 차례 모두 승리했기에 전쟁은 있으나 마나 한 형식적인 조공을 바치는 것만으로 마무리되었다.

그러나 소본의 여왕제가 폐지되고 사실상 여왕의 혈통이 아맥 황실에 흡수된다는, 나라의 근간이 흔들리는 협정으로 인해 소본 전체가 뜨겁게 들끓었다.

소요가 빠르게 종식될 수 있었던 이유는 실질적으로 정무를 돌봐왔던 삼관에 대한 두터운 신망과 순타의 붕어였다.

무엇보다 순타의 하나뿐인 혈통인 담혜에게는 마야가 없었다.

만약 담혜에게 순타와 같은 강력한 마야가 발현되었다면 소본은 끝까지 아맥에 맞서 독립 왕국의 지위를 지켰을지도 모른다. 이를 두고 아쉬워하는 이들이 적지 않았다.

일라로서는 알면 알수록 우울한 역사였다.

일라는 마야가 없는 자신에게 처음으로 주눅이 들었다. 내전에 유폐되어 억지로 탕약이나 먹어야 하는 허수아비 왕족으로 전락한 건 그녀에게 마야가 없기 때문인 것 같았다.

이태가 역사부터 다시 공부하라고 했던 이유도 알 것 같았다.

소본의 여왕은 모두 단명했다. 너무 강한 마야 때문이었다.

"내 인생이 이렇게까지 마법과 깊은 관련이 있는지 미처 몰랐어. 나에게 마야가 하나도 없다는 게 좋은 걸까, 나쁜 걸까?"

일라는 운한각을 옮겨 온 듯 장향전 2층에 쌓여 있는 역사서를 뒤적거리면서 마리에게 물었다.

두 사람은 잠시 자리를 비운 밀우가 돌아오길 기다리는 중이었다.

"좋은 것 아닐까요? 마야를 발휘하셨던 여왕 폐하 중 서른 살을 넘기셨던 분은 손에 꼽으니까요."

소본사를 공부하면서 일라가 부쩍 울적해한다는 걸 눈치챈 마리는 긍정적인 방향으로 대답했다.

"서른 살도 되지 않아 죽어버린다니, 강한 마야를 가진 사람은 모두 요절하는 걸까?"

일라는 마야가 어떻게 사람의 목숨을 앗아가는지 알고 싶었다.

"그렇지 않아도 동대륙 역사상 강력한 마법을 구사했던 인물들을 찾아봤는데요, 학사님 말씀대로 대개는 단명했던 것 같아요. 하지만 모두 수명이 짧았던 건 아니었어요. 그중에는 100세 가까이 장수하셨던 분도 적지 않았습니다. 특히 말년에 마법을 가르쳤던 현자들이 그랬어요. 소본 여왕사를 제대로 배우는 건 저도 처음이라 어떤 차이가 있는지 아직 찾지 못했습니다. 학사님께 여쭤봐도 정확하게 말씀해 주시질 않네요."

"지소부인은 알고 있을 거야. 왕실의 특이한 체질 때문에 탕약을 만든다고 했으니까. 마리, 넌 그 탕약이 무슨 약인지 알고 있지?"

"저도 모릅니다."

거짓말이었다.

마리는 지소가 일라에게 억지로 탕약을 먹이려고 했을 때 나쁜 것이 아니라고 말했다. 무엇인지도 모르고 그런 말을 했을 리 없다.

마리는 일라의 마음을 알아챈 듯 덧붙였다.

"무엇을 위한 약인지, 구체적인 효과는 몰라요. 최소한 생명에 지장을 주는 약이 아니라는 것 정도만 알고 있었어요."

일라가 의심의 눈초리를 거두지 않자, 마리는 황급히 말을 이었다.

"그러니까, 사실은 제가 기미를 했습니다. 왕녀님처럼 오래 복용하진 않았지만, 왕녀님께서 약을 드실 때마다 저도 같은 양을 먹었어요. 이따금 졸리면서 몸이 무거워지긴 해도 건강에 특별한 이상은 없었어요."

마리에게는 그럴듯하게 거짓말하는 재주가 없었다. 그녀의 말은 사실이었다.

밀우가 방으로 들어오자 일라와 마리는 허리를 펴고 자세를 고쳐 앉았다.

밀우는 학당으로 돌아와도 좀처럼 수업에 집중하지 못하고 괜히 두리번거렸다. 일라는 고개를 돌려 주변을 살폈다. 과연 어리와 위지가 1층에서 다과 준비를 하고 있었다.

1층과 달리 온돌이 없는 2층은 무척 추웠고 겨울이면 귀퉁이마다 화로를 놓아 공기를 훈훈하게 덥혀야 했다.

고용 하녀들은 장항전 안쪽까지 드나들 수 없어 매번 위지와 어리가 올라와 뜨겁게 달궈진 화로를 점검했는데 그때마다 밀우가 안절부절못했다.

밀우는 용모가 수려한 사내였다. 날씬한 체격에 섬세

한 이목구비와 긴 속눈썹을 가졌고 손가락의 움직임이 우아했다.

반면 성격이 냉랭해서 매사에 관심이 없고 귀찮다는 감정을 숨기지 않았다. 도무지 열정이라는 걸 찾아볼 수 없는 사내였다. 그저 운한각에 틀어박혀 고서에 탐독하는 것이 그의 유일한 낙인 것 같았다.

그런 밀우가 어리와 위지를 볼 때마다 얼굴을 붉히면서 땀을 흘린다는 사실을 눈치챈 일라는 그답지 않은 모습에 어딘가 우습기도 하고 안쓰럽기도 했다.

어리와 위지 중 누구 때문에 애를 태우는지 알 수 없었지만, 그와는 무려 아홉 살 혹은 여섯 살 차이가 났다.

하긴 아맥 황실에서는 아홉 살 나이 차가 아무것도 아니라고 했다. 스무 살, 심지어 서른 살이나 어린 첩실을 들이는 일이 다반사였다.

'누군가를 연모하게 되면 사람이 저렇게 달라지는구나.'

밀우의 모습에 일라는 마음이 흔들렸다.

자신이 아닌 다른 사람이 되는 것, 그게 과연 좋은 일인지 애매하기만 했다.

일라는 누한을 떠올렸다.

그저 감정만으로 섣부른 판단을 내리는 건 옳지 않다. 첫인상이 좋지 않았지만, 그녀는 누한과 제대로 대화를 나누지 못했다. 선입견과는 영 다른 사람인지도 모른다.

어쨌든 그는 일라의 정혼자였다. 좋건 싫건, 몇 년 안에 그와 혼인을 치르게 될 것이다.

일라가 마리에게 물었다.

"마리, 네가 본 태자 전하는 어떤 분이었지? 전하 옆에 있었던 소년 장수는 누구였어?"

침소의대를 갖추고 막 잠자리에 들려던 참이었다. 촛대에 불을 밝히던 마리가 일라 가까이 앉았다.

"태자 전하께서는 수정궁에서 지내시는 닷새 동안 서궁 침전에서 기거하셨어요. 솔직히 경비가 너무 삼엄해서 처소로 들어가지 못했어요. 저는 얼굴도 뵙지 못했고 상시님도 멀찍하게 떨어진 곳에서만 뵈었어요. 삼관 어르신들과 극히 적은 소수만이 태자 전하를 가까이에서 뵈었는데 그것도 처소가 아닌 운한각에서였다고 합니다."

"운한각? 서고에서?"

일라는 고개를 갸우뚱했다.

"네, 그 때문에 밀우 학사님을 비롯해 사관들이 닷새 동안 내내 출입을 못 하셨대요. 학사님은 지금도 태자 전하를 끔찍하게 싫어하세요. 서책들을 죄다 빼서 여기 저기 헝클어뜨려 놨다고요."

"전하께선 독서가 취미인가?"

"그렇다고 해요. 직접 뵙지 못했지만 시종들 말에 의하면 무척 영민하신 분이라고 하더군요. 소문대로 문무를 두루 갖추신 것 같아요. 태자 전하의 부대인 일명 '붉은 부대'는 지금껏 패배한 적이 없습니다. 기세가 몹시 맹렬해서 붉은 깃발만 보여도 적군이 사기를 잃을 정도라고 해요."

"법전에서 보았던, 전하 가까이에 있던 그 사람들은 모두 아맥의 장수겠지?"

"그중에서 체격이 컸던 분이 아맥에서 가장 큰 세력을 가진 비류 가문의 을지수해 장수입니다."

"은빛 갑옷을 입었던 남자?"

"네. 그리고 을지수해와 함께 전하 곁을 지키던 검은 갑옷의 장수는 을지사아입니다. 그도 비류 가문이지만 을지상영 대로의 친아들인 을지수해와 달리 입적된 양

아들이에요. 전란 틈에 수가 늘어난 이름 모를 고아였다고 해요."

높은 콧날과 검은 보석 같은 눈동자를 가진 소년이었다.

"아맥의 대로께서 전쟁고아를 입양하시다니 의외로구나. 성품이 인자하신 모양이네."

"글쎄요. 을지사아 장수는 열다섯에 동대륙을 평정한 무사 중의 무사입니다. 얼핏 여윈 체격 때문에 그저 명문가의 이름으로 장수가 됐겠거니 여기는 이들이 많지만 실제로는 태자 전하의 붉은 부대를 만든 인물이에요. 제 생각엔 을지상영 대로께서 그저 동정심만으로 입양한 아들은 아닌 것 같아요."

"열다섯?"

사아는 일라와 비슷한 나이에 이미 천하제일의 무사가 되었다. 이제 막 동대륙 지도를 펴고 지리 공부를 시작한 일라는 왠지 자존감이 낮아졌다.

"을지수해, 을지사아 그리고 태자 전하, 세 사람은 나이도 같고 어린 시절부터 함께 자란 탓에 사적으로도 무척 절친한 사이라고 해요."

일라는 놀라 입이 벌어졌다. 매부리코를 가진 그 거인

무사가 열일곱이라니, 적어도 서른은 넘어 보였는데.

"마리, 내가 태자 전하를 뵙는 게 그때가 처음이 아니라고 들었어. 예전에도 태자 전하가 소본까지 오신 적이 있었지? 언제였어?"

"제가 왕녀님을 모시게 된 건 왕녀님의 11살 탄생일을 맞이한 해 여름이었어요. 왕녀님께서는 탄생일 직전인 봄에 태자 전하와 이미 만나셨다고 말씀하셨습니다."

"그때도 세 사람이 함께 왔을까? 어렸을 때부터 친구였다니 말이야."

"글쎄요. 상시님께 여쭤볼까요?"

"아냐, 됐어."

일라는 고개를 저었다. 마리가 이어 말했다.

"태자 전하께서는 아맥 황국의 유일무이한 계승자입니다. 큰 이변이 없는 한 황제 폐하의 뒤를 이어 황국을 다스리실 테고 전하 곁을 지키던 장수들이 중앙 요직에 올라 차대 권력을 손에 쥐게 될 거예요. 그 중심에 있는 인물들이 바로 두 장수죠."

일라는 마음이 무거웠다. 권력의 기류는 단 몇 년 사이에 달라질 수 있었다. 고요한 태풍의 중심에서 조금만 벗어나면 강풍에 휩쓸려 종말을 맞는 게 바로 권력의 속성이었다.

일라가 말이 없자 마리는 조용히 품 안에서 무언가를 꺼내 그녀에게 내밀었다. 일라가 마리를 서궁으로 보냈을 때 건넸던 금반지였다.

"왕녀님, 이 반지를 기억하세요?"

일라는 손바닥 위에 반지를 놓았다.

넓은 윗부분에 새겨진 꽃무늬 주위를 따라 금 알갱이를 촘촘하게 붙여 장식한 반지였다.

"왕녀님의 어머니이신 경선 왕후께서 물려주신 반지라고 들었어요. 저는 왕녀님께서 이 반지를 빼놓고 지내시는 걸 한 번도 본 적이 없었어요. 왕녀님의 수많은 장신구 중에서 가장 아꼈던 반지였죠. 그래서 이걸 주셨을 때 정말 놀랐습니다."

일라는 새삼 반지를 바라보았다. 그녀에게 어머니에 대한 기억은 없었다.

잠시 침묵이 흘렀다.

일라가 화제를 돌려 친근한 목소리로 말했다.

"마리, 넌 겨우내 몸이 더 건강해진 것 같아. 밖으로 나가 뛸 수도 없었는데 말이야."

마리의 표정이 한결 부드러워졌다.

"왕녀님, 자신의 몸에서 중심을 찾게 되면 일상생활을 하면서 동시에 몸을 단련시킬 수 있어요. 왕녀님께서도 예법 수업에서 한번 시도해 보세요."

마리 말대로였다. 일라는 벌써 반년 동안 지소로부터 궁중 예법을 다시 배우는 중이었는데 무거운 비단옷을 입고 인사를 하거나, 차를 마시거나, 밥을 먹거나, 걷는 자세가 매우 까다로웠다. 어깨를 펴고 배에 단단하게 힘을 넣은 다음 조용하게 움직여야 했다.

일라는 예법에 어긋나지 않으면서 빠르게 움직이는 방법을 터득했다. 생각보다 쉽지 않았다. 의외로 근육을 많이 사용하기 때문에 저절로 땀이 났다.

지소는 한결같은 태도로 일라를 대했다. 온화하고 조용했으며 깍듯하게 필요한 말만 골라서 사용했다.

그녀는 타고난 교사였다. 일라가 보았던 지소의 야멸찬 눈빛이 마치 착각처럼 느껴질 정도였다.

하지만 그건 착각이 아니었다.

지소는 겉보기와 다른 인물이었다.

상냥한 목소리로 능숙하게 마음을 숨겼고 행동에는 흔들림이 없었다. 원하는 바를 쟁취하기 위해서라면 무엇이라도 기꺼이 치를 준비가 되어 있었다.

일라에게 있어서 지소는 세상과 연결되는 유일한 통로였다. 삼관도, 어의도, 학사도, 모두 지소를 통해서만 일라와 접촉했다. 그들은 하나같이 지소에게 협조적이었다.

"지소부인의 관직이 무엇인가요? 왕실 내전에는 명부가 있다고 하는데 지소부인이 명부의 수장인가요?"

일라가 수업 중에 물었다.

밀우의 대답은 뜻밖이었다.

"지소부인의 이름은 정식 명부에 없습니다. 그분은 삼관이 임명한 외부 관리일 뿐입니다. 명부의 수장은 현재 공석입니다. 왕녀님께서 수장 대리시고 지소부인은 아직 어리신 왕녀님을 보필하는 거죠."

공식적으로 지소에게는 아무런 직책도, 권한도 없었다. 내전 여관을 제외한 관리들은 지소를 상시가 아닌 지소부인이라고 불렀다. 그런데도 모두가 인정하는 내전의 전권을 가지고 있다니, 지소가 아무리 유능한 인물이라고 해도 납득하기 어려웠다.

일라는 다시 묻지 않았다.

꼬치꼬치 물어도 소용없다는 사실을 그녀는 이미 터

득하고 있었다. 그녀의 의문에 대해 제대로 설명해주는 사람은 없었다.

일라를 바라보는 밀우의 얼굴처럼 모두 똑같은 표정을 지을 뿐이었다. 무언가 마음 쓰면서도 확실하게 거리를 두는 듯한.

일라는 눈이 소복하게 쌓인 장향전 뜰로 나섰다. 3월이 끝나가는데도 추위가 여전했다.

잔뜩 흐린 하늘에서 얼음 섞인 눈바람이 흩날렸다. 칼이 춤추는 것 같은 날카로운 바람 소리가 귓가에 울렸다. 눈발에 노출된 피부가 빠르게 얼어붙기 시작했다.

일라의 마음에도 단단하게 맺힌 감정들이 파도처럼 밀려와 하얗게 터져나갔다.

뒤뜰 돌계단에 선 일라는 내전 행랑채에서 가져온 나무 삽으로 계단에 두껍게 쌓인 눈을 치운 다음 한발 딛고 올라섰다. 다음 계단에 쌓인 눈을 치우고 또 올라섰다. 힘들게 치워봤자 다시 눈이 쌓일 테지만 개의치 않았다.

불어오는 눈보라로 차갑게 얼어붙은 일라의 입가에서 새하얀 김이 나왔다.

돌계단에 쌓인 눈을 치우다가 지쳐서 쓰러질 것 같은

순간이 오면 내전으로 돌아와 땀으로 젖은 몸을 씻었다.

일라는 목욕물도 자신이 직접 길어다 놓았다. 어리와 위지가 만류해도 소용없었다.

만약 어딘가에 감금되어 강제로 물을 길어야 한다면 일라는 절대 그 일을 하지 않았을 것이다.

억지로 시키는 일은 그녀에게 독이었다. 하지만 자신의 의지로 결정한다면 똑같은 일이라도 도움이 되었다.

일라가 목욕물을 긷는 건 내전 여관들을 위해서가 아니었다. 그녀 자신을 위해서였다.

보다 못한 어리와 위지가 모피로 손싸개를 만들어 일라의 손발을 꽁꽁 싸맸다. 정 목욕물을 긷고 싶다면 그렇게라도 해야 한다고 했다. 일라는 손싸개를 보곤 웃음을 터트렸다.

일라는 함께 수업을 듣는 마리에게 손싸개 두 개를 내밀었다.

"마리, 이거 누가 만든 건지 알겠어?"

"아, 딱 보니까 이쪽이 위지 님이 만든 거네요."

마리가 바느질이 서툴러 추레해 보이는 쪽을 골랐다.

"위지 님이 만든 건 제가 처분할까요?"

"안돼. 위지가 안 보여주려고 하는 걸 내가 억지로 뺏어온 거야."

"위지 님은 침장 솜씨가 그리 뛰어나지 못해요. 지금껏 해본 적이 없어서 그럴 거예요."

"알아. 어리가 이상한 거지. 배우지 않았는데 바느질도 잘하고 차도 맛있게 끓이고 옷도 맵시 있게 잘 입잖아. 어리가 만든 건 손이 편한데다가 예쁘기까지 해. 하지만 위지 것도 좋아. 분명 애쓰면서 열심히 만들었을 거야."

밀우가 두 사람의 대화를 남몰래 경청하다가 일라와 눈이 마주치자 딴청을 피웠다. 일라는 마리의 귀에 입을 대고 들릴 듯 말 듯 속삭였다.

"학사는 어리와 위지, 둘 중 누굴 마음에 두고 있는 걸까?"

마리는 대꾸하지 않았지만 입가에 힘을 주더니 고개를 숙이고 소리 없이 웃었다.

Ⅳ

날씨가 풀리고 얼음이 녹아내리기 시작했다.

매일 오후, 태양이 겨울 끝에 걸린 공기를 따스하게 덥혀놓을 즈음 일라는 본격적으로 돌계단을 올랐다. 그녀가 오른 계단의 숫자는 꾸준하게 늘어갔다.

드디어 오백 개의 계단에 이르렀을 때 일라는 오늘이야말로 무슨 일이 있어도 계단 끝까지 올라가겠다고 결심했다. 그녀의 몸은 예전과 비교할 수 없이 튼튼했다.

한참 걸리긴 했지만 다시 또 오백 개를 더해 천 개의 계단을 올랐다.

기진맥진한 일라가 거칠게 숨을 몰아쉬면서 위를 올려다보았다. 계단은 여전히 위로 이어져 있었다.

그제야 안개처럼 희미해진 사방을 둘러보았다. 올라왔던 계단도 올라야 할 계단도 지워진 듯 끝이 보이지 않았다.

그동안 마법을 파악하는 일라의 감각은 꾸준하게 향상되었다. 그러나 돌계단에 걸린 마법만큼은 전혀 눈치채지 못하고 있었다.

그때까지 일라가 접했던 마법은 내전의 냉난방 효율을 높이고 음식의 맛을 더하는, 말 그대로 소소한 것들이었다.

돌계단의 마법은 그것들과 근본적으로 달랐다. 감지

할 수 없었을뿐더러 계단 주위를 완전히 마비시킬 정도로 강력했다.

"왕녀님."

긴장한 마리가 일라를 가로막았다.

일라가 말했다.

"마법이야. 여긴 마법이 걸려 있어."

"그런 것 같아요. 더는 오르시면 안 됩니다."

"너도 눈치챘어?"

"내전 뒤에 이렇게 높은 언덕은 없어요."

일라와 마리에게는 정교한 마법을 간파하는 능력이 없었지만, 자신들이 대적할 수 없는 강한 힘 안으로 들어왔음을 직감했다.

사방에 안개가 자욱하게 드리워 시야를 가렸다. 돌계단 외에는 하늘도, 나무도 보이지 않았다. 어느새 새들의 지저귐이 뚝 끊겼다.

일라는 몸을 돌려 계단을 내려갔다.

얼마 지나지 않아 그녀의 발이 다시 계단을 오르고 있었다. 어느 방향으로 가도 마찬가지였다.

계단을 내려가는 두 다리가 어느 틈엔가 발을 내딛는 균형이 바뀌었다. 계단은 오직 위로 향하게끔 되어 있었다.

마리가 말했다.

"왕녀님, 일단 멈춰서 기다리는 편이 좋겠어요. 어리님과 위지 님, 둘 중 누구라도 왕녀님과 제가 사라졌다는 걸 금방 알아챌 겁니다. 그때까지 지치지 않도록 일단 쉬세요."

일라는 계단에 걸터앉았고 마리는 일라 가까이 서서 주위를 살폈다. 손을 쥐었다 폈다 하는 걸 보면 검을 들고 오지 않아 못내 후회스러운 모양이었다.

두 사람은 사방을 살피며 말없이 기다렸다.

축축한 공기가 두 사람의 몸에 섬뜩하게 들러붙어 천근만근 잡아끌었다. 사방이 어두컴컴했다.

시간이 흐를수록 마음 깊숙한 곳에서 두려움이 자라기 시작했다.

일라는 점점 불어나는 공포로 인해 마음이 침울했다. 알 수 없는 짓눌림이 그녀의 몸을 차가운 돌계단 바닥으로 밀어붙였다.

상체가 아래로 떨어졌다. 불길한 예감에 고개를 들어 마리를 보았다.

마리도 다르지 않은 상황이었다.

아무리 돌계단을 올라도 지칠 줄 모르던 마리는 일라의 귀에 들릴 정도로 거칠게 숨을 몰아쉬고 있었다. 급기야 두 손으로 가슴을 부여잡고 쌕쌕 소리를 냈다.

온몸에 쇳덩이를 두른 듯 몸을 펼 수 없는 일라와는 다른 고통을 겪고 있는 게 분명했다.

'움직여야 해! 그렇지 않으면 위험해!'

계단에 걸린 마법은 사람의 마음에 작용하고 있었다. 그녀가 천 개의 계단을 오르는 동안 마법을 눈치채지 못한 이유였다.

일라는 마리를 향해 당장 다리를 움직여야 한다고 소리쳤다. 그러나 목에서 소리가 나오지 않았다. 그저 웅얼거리는 마찰음뿐이었다.

일라는 자신을 잡아끄는 듯한 돌계단 바닥을 떨쳐버리고 자리에서 일어나 가까스로 계단을 올라갔다.

마리는 질식할 것 같은 와중에도 일라의 의도를 알아차렸다. 그녀는 숨이 막혀오는 듯 붉어진 얼굴로 빠르게 계단을 올랐다.

일라는 커다란 바위가 등과 허리를 누르는 듯한 엄청난 압박감에 한참을 멈췄다가 겨우 발을 뗐다.

얼마 지나지 않아 두 손을 바닥을 짚고 계단을 네발로

기어 올라갔다. 마리가 일라의 어깨를 부여잡았다. 마리의 팔을 의지해 다시 계단을 올라갔다.

일라는 필사적으로 이태의 말을 떠올렸다.

"왕녀님, 진정한 마야는 본질을 바꾸는 것입니다. 모든 사물은 아주 작고 미세한 본질에서부터 시작됩니다. 강력한 마야를 가진 자는 그 본질을 볼 수 있고 그것을 바꿔버릴 수도 있지요. 본질을 바꾸면 사물은 이전의 성질을 영원히 잃어버리게 됩니다. 전혀 다른 세상이 창조되는 것입니다. 진정한 마야란 그토록 무서운 것입니다. 그렇기에 마야를 가진 자는 그것이 세상이 끼칠 영향을 가장 먼저 고려해야 합니다. 마야가 부드러운 봄비처럼 고요하게 세상에 스며들도록 해야 합니다. 마법이 아닌 덕이라는 방법을 통해서 말이죠. 하지만 그러한 경지에 이른 사람은 동대륙의 역사를 통틀어 한두 명뿐입니다. 본질을 바꾸지 못해도 형태를 바꿀 수 있다면 그 또한 뛰어난 마법입니다. 바람의 흐름에 관여해서 날아가는 화살의 방향을 돌리는 것처럼 본질을 바꾸진 못해도 사물의 기를 뜻대로 운용할 수 있습니다. 다만 그러한 마법은 본질을 바꾸는 것이 아니기 때문에 영원히 지속되지 않습니다. 마법을 부리는 자가 계속해서 힘을 배분해야 하고 뒤따르는 반작용을 감수해야 합니다. 뛰어난 마법을 구사했던 자들이 모두 여기에 속하며 그 수가 많지 않아 지금도 손에 꼽습니다. 사람들이 흔히 보면서 대단하다 칭송하는 마법은 대개 공포를 불러일으키고 소요를 만드는 거짓된 환상입니다. 그게 전부라고 여기지만 사실은 진짜가 아닙니다. 왕녀님, 마법을 감별하기로 마음먹으셨다면 그 점을 잘 알아 두셔야 합니다. 형태를 바꾸는 뛰어난 마법이라고 해도 그 본질은 결국 가짜이거나 일시적입니다. 한계가 분명하지요. 유심히 관찰하고 집중하셔야 합니다. 가짜가 실질적인 영향력을 발휘하는 이유는 그것이 정교하게 설계되었기 때문입니다. 비록 마야를 타고 나지 않았더라도 높은 지성과 탁월한 직감, 이 두 가지를 동시에 사용한다면 어떤 마법이라도 꿰뚫어 보실 수 있습니다. 이론적으로나마 능식을 설계하는 방법까지 공부하신다면 마법을 감지하고 파악하실 수 있을 겁니다. 그러한 통찰력은 마법만큼이나 대단한 것입니다. 장인의 솜씨로 만든 보석처럼 고도의 집중력을 발휘해 능력을 연마하십시오."

그녀가 느끼는 고통은 진짜가 아니었다. 돌계단에는

처음부터 마법이 걸려 있었고 지속되는 형태의 변화는 환각에 불과했다.

하지만 거짓된 현상이 목숨을 앗아갈 수도 있었다.

그녀는 환각에 맞서 계단 끝까지 올라야 한다는 걸 깨달았다. 어차피 다시 돌아갈 수도 없었다.

계단 끝으로 시선을 고정하고 이를 악물었다.

'이건 가짜야!'

마리가 더는 버틸 수 없는 듯 돌계단 위로 털썩 무릎 꿇었다. 두 손으로 목을 감쌌지만 소용없었다.

일라는 오른손으로 쓰러진 마리의 옷을 붙잡아 끌면서 왼손으로는 계단을 움켜잡고 네 발로 다시 기어갔다. 마리의 숨이 이대로 끊어져 버릴지 모른다는 공포감에 온몸이 타는 듯 끓어올랐다.

죽을힘을 다해 돌계단을 부여잡느라 손톱이 부서지고 손가락에 멍이 들었지만 내부에서부터 격렬하게 요동치기 시작한 몸은 아무런 감각을 느끼지 못했다. 오직 그녀의 눈이 끔찍한 통증으로 조각조각 떨어져 나가는 것 같았다.

순간 돌계단이 흔적도 없이 사라졌다.

일라와 마리의 몸이 허공으로 추락하기 시작했다. 삽

시간에 수정 호수의 광활한 표면이 눈앞으로 다가와 그녀를 덮쳤다. 몸이 수면에 닿자 엄청난 충격이 밀려왔다. 호수의 물은 믿을 수 없을 정도로 차가웠다.

일라는 얼음송곳에 찔리는 것 같은 통증을 느끼며 호숫물 속으로 가라앉았다. 고통으로 정신을 잃어버릴 것 같은 그때, 어떤 기억이 일라의 머릿속을 스쳐갔다.

햇볕에 빛나는 아름다운 여인의 얼굴이 일라를 바라보고 있었다. 보석 장신구를 꽂은 머리카락을 단정하게 늘어뜨린 여인은 일라의 귀에 자애로운 목소리로 무슨 말인가 속삭였다. 귓불을 간지럽히는 여인의 숨결에서 꽃향기가 났다.

이윽고 여인의 눈물이 일라의 코와 볼에 떨어졌다. 눈물을 떨구는 여인의 눈동자에서 기이한 보랏빛이 어른거렸다.

일라의 작은 몸이 다른 이의 품으로 옮겨졌다. 곧이어 여인의 몸에서 피가 뿜어져 나왔다. 새빨간 핏빛과 맑고 청명한 파란 하늘이 일라의 눈에 극명한 대조를 이뤘다.

일라를 받아 든 이가 재빨리 손바닥으로 일라의 눈을 가렸다. 시야는 그대로 암흑이 되었다.

빛 하나 없는 검은 장막 한가운데 어스름한 공간이 생겨났다.

진흙을 바른 듯 끈적한 눈앞에서 밝음과 어둠의 구분이 조금씩 선명해졌다.

명암의 경계가 세밀해졌고 우윳빛을 띤 시야의 중앙에서 창백한 빛이 마치 눈을 뜨는 것 같은 형태가 어둠을 갈라놓았다.

흔들리는 빛을 등지고 유영하는 사람의 모습이 일라를 향해 빠르게 다가왔다.

마리였다.

마리는 일라를 잡아끌어 수면 위로 올리더니 한참을 헤엄쳐 자갈이 깔린 호숫가로 그녀를 데리고 나왔다.

멀리서 지소와 위지가 뛰어왔다. 평소 우아한 걸음걸이로 고요하게 움직이던 지소가 허둥지둥 달려와 축 늘어진 일라의 몸을 겉옷으로 감쌌다.

chapter

03

———

비밀
수련장

I

일라는 단단히 감기를 앓았고 보름이 지난 후에야 겨우 자리를 털고 일어났다.

머리가 어질어질하면서 몸이 오한으로 떨렸다. 그래도 기분은 한결 나아졌다.

손톱이 빠져 피투성이가 된 일라의 손가락을 본 이태가 그답지 않게 끝없는 잔소리를 늘어놓았다.

심장이 멈춰 죽을 수도 있었다면서 직접 달인 탕약을 억지로 먹였다.

이번에는 호락호락 봐주지 않았다. 일라는 쓴 탕약을 한 방울도 남기지 못하고 전부 마셔야 했다.

다행스럽게도 마리는 감기에 걸리지 않았다. 몇 군데 찰과상을 입긴 했지만 크게 다친 데는 없었다.

일라는 좌탁을 중간에 두고 마리와 마주 앉았다.

일라가 말했다.

"…네가 내 목숨을 구했지. 고마워."

마리는 일라의 오른손에 감긴 무명 면포에 흘낏 시선을 보내더니 고개를 가로저었다.

"왕녀님의 목숨을 구한 건 제가 아닙니다. 오히려 왕

녀님께서 저를 구해주셨어요. 계단의 결계를 푸신 건 왕녀님이었어요. 그 마법은 저의 힘으로 도저히 감당할 수 없는 것이었습니다. 그게 결계임을 깨닫는 순간 이미 늦었다는 걸 알았어요. 저로선 그저 아무것도 하지 못하고 누군가 구하러 와주길 기도하는 수밖에 없었습니다. 왕녀님께서 이대로 목숨을 잃을지도 모른다는 공포심에 금방이라도 정신을 잃을 것 같았죠. 숨이 끊어질 것 같은 순간, 선배 여관들이 그 계단을 극도로 꺼린다는 걸 알고 있었는데 억지로라도 왕녀님을 말려야 했다는 후회만 가득했어요."

애초에 금지된 계단을 제멋대로 올라간 건 일라였다. 그녀는 부끄러운 마음에 차마 그 말을 꺼내지 못했다.

일라는 지금껏 자신과 지소가 대척점에 있다고 여겼다. 권위적인 지소는 일라를 보살피는 한편 그녀를 고립시키고 구속했다.

일라는 지소의 목적이 무엇인지 궁금했다.

지소가 권력이나 지배력, 혹은 재물이나 일신의 영화를 추구한다는 생각은 들지 않았다. 지소의 목적은 그보다 고결했다.

어떻게 보면 부모와 자식 간의 대립처럼 느껴지기도

했다.

이상적인 부모의 목적은 자식에 대한 애정이다. 지소에게도 일라에 대한 애정이 있었다.

하지만 지소의 목적은 사랑 그 자체가 아니었다. 일라는 지소의 진정한 목적을 위한 수단에 불과했다.

바로 그 점이 일라가 지소를 신뢰할 수 없는 이유였다. 목적을 위해서라면 지소는 자신은 물론 일라의 희생까지도 기꺼이 감수할 것이다.

마리는 달랐다.

비록 지소를 따르고 있지만, 마리를 움직이게 만드는 근간은 어디까지나 일라였다.

일라에게도 마리에 대한 깊은 신뢰가 있었다.

일라에게 있어서 마리는 조건 없는 애정을 베푸는 유일한 존재, 바로 가족이었다. 마리가 지소의 수하라는 사실이 더는 중요하지 않았다.

일라가 말했다.

"마리, 난 다시 계단을 오를 거야. 어쩐지 잃어버린 기억을 찾을 것 같다는 예감이 들어. 이번에는 나 혼자 올라갈 테니 넌 따라오지 마."

"그럴 순 없어요. 저도 같이 오르겠습니다."

마리는 이미 각오를 다진 것 같았다.

북풍의 한기가 한결 누그러졌을 때 두 사람은 다시 돌계단 앞에 섰다. 어느새 계단 틈마다 추위를 뚫고 자란 새싹의 푸른 빛이 어렸다.

마리는 치마 대신 가죽끈으로 밑단을 동여맨 바지를 입고 손에는 장검이 들렸다. 직선으로 곧게 뻗은 수수한 검이었다.

하나로 묶은 마리의 개암색 머릿결이 햇빛에 빛났다. 일라가 계단을 오르자 검을 쥔 마리의 손에도 힘이 들어갔다.

계단은 삼백여 개 남짓이었다.

그리 높지 않은 계단 끝에 이르자 탁 트인 들판이 나왔다. 낮은 풀이 자란 들판 한가운데 기둥이 검은 자작나무 한 그루가 홀로 서 있었다.

오른편으로 무너져 내린 망루의 흔적이 보였다. 낭떠러지 절벽 아래로 호수의 투명하고 광활한 수면이 새파랗게 빛나는 하늘과 맞닿아 있었다.

계단을 오른 일라의 눈에 가장 먼저 들어온 건 장관을 이루는 수정 호수가 아니라 단정한 여관 복장 위에 붉은색 도포를 걸친 지소의 모습이었다.

지소는 자작나무 밑에서 일라와 마리를 기다리고 있었다.

"지소부인이 왜 여기 있는 거죠?"

일라는 기대하지 않았던 지소의 모습에 어안이 벙벙했다. 마리도 놀란 눈치였다.

지소가 입을 열었다.

"이곳은 출입이 금지된 곳입니다. 누구도 이곳에 다시 발을 들여서는 안 됩니다. 하지만…."

지소의 시선이 누그러졌다.

"이곳에 다시 올라와 보니 생생했던 기억이 흐릿해질 정도로 시간이 흘렀군요. 어느덧 의미가 사라진 것들도 보이네요."

지소가 이어 말했다.

"계단의 결계는 오래전 제가 걸어 놓은 마법입니다. 왕녀님께서 돌계단을 오르신다는 사실을 알고 있었지만, 어차피 끝까지 오르시지 못할 거라 여겼습니다. 이 수정궁에서 제가 만든 능식을 풀 수 있는 사람은 없으니까요. 왕녀님께서 계단의 결계를 부수리라곤 예상하지 못했습니다."

그녀의 날카로운 눈이 일라를 향했다.

"왕녀님, 어째서 계단을 끝까지 오르려고 했습니까? 어떻게 결계를 깨뜨리신 겁니까?"

"모르겠어요. 오히려 내가 묻고 싶어요. 어떻게 지소 부인이 그토록 높은 경지의 마법을 구사할 수 있는지 말이에요. 계단을 올랐던 건 그냥 체력을 단련하기 위해서였어요. 그래서 매일 올랐던 것뿐인데 마법이 걸려 있다는 사실을 깨닫고 당황했어요. 그게 마법이라는 사실조차 몰랐으니까요. 너무 깊이 들어갔을 땐 움직여야 한다고만 생각했어요."

"그 결계는 단순한 마법이 아니었습니다. 그저 계단을 올라간다고 깨뜨릴 순 없습니다."

지소가 재차 물었다.

"왕녀님께서는 자신이 어떻게 결계를 깨뜨렸는지 짐작조차 못 하시는 겁니까?"

"전혀 모르겠어요."

일라가 고개를 가로저었다.

지소는 말없이 몸을 돌려 수정 호수 쪽으로 시선을 던졌다. 눈에 들어오는 모든 것이 물색과 하늘색이었다.

"왕녀님, 이곳에서 호수를 바라보시는 건 처음이겠군요."

일라는 감탄했다.

망루가 있는 곳까지 올라오긴 처음이었다. 상상보다 훨씬 더 아름다웠다. 수정 호수가 동대륙의 푸른 보석이라고 불리는 이유를 알 것 같았다.

호수의 물빛에서 숨결 같은 바람이 불어와 일라의 길고 검은 머리카락을 이리저리 헝클어트려 놓았다.

지소가 말했다.

"왕녀님, 우리 소본은 이 호숫가에서 시작되었습니다. 지난 천 년 동안 이어 내려온 여왕 폐하의 마야도 수정 호수의 선물이었습니다. 여왕 폐하의 마야가 처음부터 소본의 군사력에 집중되었던 건 아니었습니다. 마야는 군대를 양성하기보다는 대대손손 백성들을 돌보는 데 사용되었습니다. 마야가 아니었다면 북방의 소수민족에 불과했던 우리 소본은 번성해 국가를 이룩할 기회도 없이 일찌감치 대국에 복속되었을 겁니다. 강대국들은 우리에게 노예와 공물을 요구하면서 우리의 언어를 말살하고 뼛속까지 강탈했겠지요. 마야는 굶주림과 추위, 적들로부터 백성을 지켰습니다. 하지만 역설적으로 그 마야 때문에 동대륙을 지배하는 아맥의 침략을 불러일으켰습니다. 거대한 영토를 가진 아맥에게 소본은 한줌도 되지 않은 쓸모없는 땅입니다. 우리는 아맥을 위협할만한 군사력도 갖추지 못했습니다. 그런데도 왜 아맥이 끈질기게 소본을 복속시키려고 했는지 왕녀님께서는 혹시 알고 계십니까?"

"…여왕의 마야 때문이었나요?"

"그렇습니다. 아맥은 동대륙을 넘어 서대륙에 이르기까지 천하를 손에 넣기 위해서 마야가 필요하다고 판단했습니다. 그들은 소본의 풀 한 포기까지 하나도 남기지 않고 모든 걸 말살할 작정으로 이 땅에 들어왔지요. 안후 여왕께서는 이미 그 사실을 알고 계셨습니다. 모든 권력을 삼관에게 넘기시고 여왕제를 폐지하신 이유도 그 때문이었습니다. 때마침 경선 왕후께는 터럭만큼의 마야도 없었습니다. 결국 아맥은 소본에서 순순히 물러날 수밖에 없었지만 대신 여왕 폐하의 혈통을 볼모로 삼기로 했습니다."

하나로 묶어 올린 지소의 머리칼이 이마로 흘러내렸다. 그녀의 얼굴에 근육처럼 배인 온화함은 사라지고 없었다.

"왕녀님, 저는 왕녀님의 어머니이자 선대 왕후이신 담혜 님과 저버릴 수 없는 약속을 했습니다. 담혜 님은 저에게 자신의 유일한 혈육인 왕녀님을 지켜달라고 부탁하셨습니다. 저는 왕녀님에게 마야가 발현되지 않도록 막을 것이고, 그럼에도 불구하고 마야가 발현된다면 왕녀님을 끝까지 보호하겠다고 맹세했습니다."

지소의 민낯에 의지를 담은 냉철한 눈빛만 남았다.

일라는 되살아난 기억 속의 여인이 누구인지 쉽게 짐작할 수 있었다. 여인은 부드럽고 커다란 눈망울에 백옥같은 살결을 지니고 있었다.

일라의 가슴 속에서 설명할 수 없는 감정이 소용돌이쳤다.

일라가 말했다.

"지소부인, 어의가 말하길, 내겐 타고난 마야가 없다고 했어요. 난 마법을 알아볼 순 있지만 그걸 부릴 순 없어요. 나에게 마야가 발현될 리 없어요."

"그가 틀린 말을 한 건 아닙니다. 왕녀님은 마야를 타고난 여타 아이들과 확실히 다르시니까요. 아마 그는 왕녀님께 마야가 없다는 사실에 안도했을 겁니다. 하지만 그도 모르는 사실이 있지요. 왕녀님께선 이미 마야를 지니고 있습니다. 안후 여왕 폐하의 마야만큼이나, 아니, 어쩌면 그보다 더 강력한 마야인지도 모릅니다."

"나에게 마야가 곧 발현될 거라는 말인가요?"

"아니오. 마야는 이미 발현되었습니다. 저도 계단의 결계가 깨진 후에야 비로소 확인할 수 있었습니다. 왕녀님, 탕약을 먹지 않겠다고 버티시다 혼절하셨던 순간을 기억하시나요?"

일라는 부서진 유리 파편이 온몸을 관통하는 듯한 지독한 통증을 떠올렸다. 탕약을 거부하면서 정신을 잃었을 때도, 저도 모르게 계단의 마법을 깨뜨렸을 때도 똑같은 통증을 느꼈었다.

"그날 왕녀님의 마야가 발현되었습니다. 만일 이 사실이 아맥에 알려진다면 왕녀님은 즉시 아르로 압송되어 그들의 정복 전쟁에 이용당하게 될 겁니다."

지소가 제조한 탕약은 기의 흐름을 둔감하게 만드는 약이었다. 건강에 좋다고 말할 순 없으나 최소한 마야가 발현되지 않도록 시간을 늦춰주는 역할을 했다.

마리도 함께 탕약을 복용했지만, 그녀의 활동량은 일라에 비해 압도적으로 많았다. 무예 수련을 하는 마리에게 탕약의 영향은 크지 않았다.

지금껏 일라는 지소가 자신을 속이고 있는 게 아닐까

의심했었다. 그러나 지소는 거짓말을 하지 않았다.

지소가 말했던 그대로 탕약은 여왕의 피를 물려받은 일라의 특이한 체질 때문이었다.

지소가 말했다.

"계단의 결계가 깨진 것은 우연에 불과합니다. 마치 어린아이가 활과 화살을 가지고 놀다가 우연히 과녁에 명중한 것, 그 이상도 이하도 아닙니다. 왕녀님의 마야는 극도로 흥분하거나 혹은 고통을 느낄 때 제멋대로 발휘되었습니다. 위기에 봉착할 때마다 우연한 마야가 발휘되기를 기대하기엔 왕녀님의 상황이 위중합니다. 항상 과녁을 명중시키려면 활 쏘는 방법부터 배우셔야 합니다. 마야를 다루는 법을 알지 못한다면 아무리 강한 마야를 가졌다고 해도 무용지물입니다. 아맥 황실에서는 왕녀님의 마야를 각성시키기 위해 온갖 수단을 동원할 것입니다. 최악의 경우, 고문도 서슴지 않을 겁니다."

지소의 눈빛이 단호하게 바뀌었다.

"왕녀님께서는 감정이 절제된 상태에서도 마야를 발휘하고 그것을 다루는 마법을 익히실 수 있겠습니까? 뛰어난 마법을 운용하지 못해도 최소한 자신의 마야를 감추는 법 정도는 터득하셔야 할 겁니다. 하지만 마법을 연마하고 발전시키는 과정은 상상 이상으로 길고 어렵습니다. 왕녀님께서도 이미 아실 겁니다. 높은 마야를 지닌 사람은 자신보다 낮은 마야를 가진 사람을 금방 알아봅니다. 지금부터 쉬지 않고 수련하다 해도 아맥의 뛰어난 마법학자들 앞에 섰을 때 과연 왕녀님의 마야를 감출 수 있을지 의문입니다. 마야에 관한 아맥의 학문은 최근 급속도로 발전했다고 들었습니다. 그들이 어디까지 마야의 원리를 파악했는지 저희로선 알 수 없습니다."

지소가 덧붙였다.

"또 다른 방법은 수련 대신 평소 움직임을 줄이고 탕약을 다시 복용하는 것입니다. 하지만 이미 마야가 발현된 상태에서 탕약의 효과를 보려면 최소한 1년은 복용하셔야 할 겁니다. 아직 시간은 남아있으나 그 또한 장담할 수 없습니다. 왕녀님의 마야가 드러난 지금에 이르러 수련과 탕약, 둘 중 어떤 것도 완전하지 않습니다. 왕녀님, 이제 왕녀님께 다시 한번 선택권을 드리겠습니다. 둘 중 어느 길을 택하시겠습니까."

그동안 일라는 떠오르지 않는 과거의 자신이 손가락

하나 까딱하지 않고 몸을 비대하게 만든 이유가 그저 성정이 게으르기 때문이라고 여겼다.

그 때문에 일부러 이를 악물고 계단을 올랐다. 예전처럼 아무것도 하지 않는다면 자신이 싫어서 견딜 수 없을 것 같았다.

일라는 비로소 과거의 자신이 왜 기름진 음식을 먹으면서 살을 찌웠는지, 왜 사람들과의 왕래를 끊고 스스로 유폐를 자처했는지, 왜 내전에서 홀로 외롭게 살았는지 깨달았다.

과거의 일라는 자신의 혹독한 운명을 위해 이미 선택을 했다.

마리는 과거의 일라가 단 한 번도 화를 낸 적이 없었다고 말했다. 자신의 억울한 처지를 원망하지 않고 마음을 다스린다는 건 어른이라고 해도 힘든 일이었다.

결국 일라의 피눈물 나는 노력을 망쳐놓은 장본인은 다름 아닌 열등감과 분노에 휩싸인 일라 자신이었다.

일라는 움직여야 한다는 것을 직감했다.

자신의 마음 안에 내재한 폭풍 같은 감정을 더는 침묵과 무위로 다스릴 수 없었다. 수련을 감당하는 것만이 일라가 할 수 있는 유일한 길이었다.

지소는 이미 예상했는지 말없이 그녀를 지나쳐 돌계단을 내려갔다. 일라와 마리가 지소의 뒤를 따라 다시 첫 번째 계단으로 향했다.

지소가 말했다.

"계단에 새로운 능식을 걸어두었습니다. 마야를 드러내지 않기 위한 첫 번째 수업입니다. 계단은 마법에 의해 곧장 수련장으로 이어질 겁니다. 하지만 계단을 오르는 도중 조금이라도 마음이 흔들린다면 돌계단 위에 있는 원래의 장소, 무너진 망루가 있는 검은 자작나무 절벽으로 가게 될 것입니다. 마음의 동요를 쉽게 알아볼 수 있도록 조치했으니 누구의 마음이 어떻게 흔들리는지 눈으로 확인하실 수 있을 겁니다. 왕녀님께서 마음의 동요 없이 돌계단을 전부 올라가실 수 있다면 수련장 입구가 열릴 것입니다."

지소가 이번에는 마리를 향해 말했다.

"계단의 마법에 더는 위험이 없지만 그래도 비밀 수련장으로 가는 길이니만큼 왕녀님께서 안전하게 도착할 수 있도록 도와드려라."

지소가 마리 앞에 손바닥을 펼쳐 보였다. 아무것도 없던 허공이 흔들리더니 이내 긴 장검이 모습을 드러냈다.

지소는 장검을 마리에게 건넸다. 하얀색 물고기 가죽으로 백금 칼자루를 감싼 날이 길고 예리한 검이었다.

마리는 지소가 내민 검을 선뜻 받지 못하고 물끄러미 바라보았다.

"왕녀님을 지켜야 하는 의무가 너에게 주어졌으니 나의 검은 곧 너의 것이다."

지소의 말에 마리가 고개를 떨궜다. 아직 젖살이 남아있는 말간 얼굴이 복잡한 감정으로 흐려졌다.

지소가 주저하는 마리의 손에 하얀 도검을 쥐여주고는 일라가 지금껏 들어보지 못한 부드러운 목소리로 말했다.

"애야, 나는 아직도 네가 내린 결정에 유예를 두고 있단다. 너에게는 너의 결정보다 더 많은 것이 있으리라는 예감이 드는구나. 나조차 그 운명에 대해서는 짐작할 수 없단다. 너에게는 여전히 많은 결정과 선택이 남아있고 그것들이 남아있다는 건 네가 아직 너의 진실한 힘에 이르지 못했다는 뜻이란다. 진실한 힘은 선택을 남겨두지 않는단다. 네가 이곳까지 온 것이 너의 선택이 아니었듯, 너의 길은 너의 결정과는 다른 의미를 가질 수 있단다. 그러니, 애야. 조금 더 너 자신을 살피고 네가 누구인지 알아보거라. 무엇보다 너 자신을 보호하려무나."

지소와 마리 사이의 신뢰는 깊었다.

마리를 궁중 여관으로 발탁한 이도 지소였다. 그들 사이에 일라가 알지 못하는 사연이 있는 게 분명했다.

일라는 계단을 오르려다가 지소를 향해 몸을 돌려 물었다.

"지소부인은 어의와 친분이 있나요? 지소부인의 말을 들으면서 왠지 어의를 대하는 것 같은 느낌을 받았어요. 두 분은 평소 교류하지 않는 것 같던데요."

지소가 의외의 대답을 했다.

"그와 저는 같은 스승 아래에서 함께 마법을 배웠습니다. 그의 부모님은 이민족 출신이라 구루 땅 너머에 있는 목란국을 알고 있었지요. 우리를 이끌어주었던 스승은 목란국 사람으로, 두 사람 모두 그분으로부터 똑같은 가르침을 받았으니 왕녀님 말씀대로 사용하는 용어라던가 철학이나 삶을 대하는 태도가 비슷할지도 모르겠습니다."

짧은 순간 지소의 눈동자가 반짝거렸다. 이태와 함께

수련하던 젊은 시절의 그녀는 지금과 영 다른 사람이었
는지도 모른다.

"지소부인, 나의 어머니와도 마법을 공부하면서 만났
나요?"

"아닙니다."

지소가 입을 닫았다. 더 묻지 못했지만 일라는 담혜와
지소가 단순한 군신 관계가 아님을 짐작했다.

담혜는 지소에게 일라를 지켜달라는 '부탁'을 했다.

지소는 높은 마법을 구사할 뿐 아니라 무사의 검을 지
니고 있었다. 그저 평범한 궁중 여관일 리가 없었다. 담
혜와 지소는 왕후와 여관으로 만나지 않았다.

"왕녀님, 들고 계신 짐을 저에게 주세요."

마리가 일라에게 손을 내밀었다. 일라는 마리처럼 치
마 대신 바지를 입었는데 허리춤에 묵직한 짐꾸러미를
차고 있었다.

"내가 들 거야. 어리한테 딸기와 석류를 챙겨달라고
했어. 혹시 도중에 길을 잃으면 너랑 같이 먹으려고."

일라의 대답에 마리의 표정이 미묘했다.

두 사람은 돌계단을 올라갔다.

일라가 앞서 올랐고 마리는 한 발짝 뒤에서 따라갔다.

계단에 오른 지 얼마 되지 않아 시야가 바뀌었다. 마치 투명하게 얇은 천 너머로 세상을 보는 것 같았다.

지소의 말처럼 마음의 동요를 눈으로 확인할 수 있었다. 마리에게는 아무런 변화가 없었지만 일라의 주변은 아지랑이가 피어오르듯 사물의 형상이 일그러졌다.

두 사람이 계단 끝까지 올라가자 검은 자작나무 한 그루와 무너진 망루가 있는 호수의 낭떠러지 들판이 나타났다. 마리가 일라에게 어색한 웃음을 지어 보였다.

"날씨도 화창한데 여기서 과일을 드시면 어떨까요."

Ⅱ

낭떠러지 들판 한가운데 서 있는 검은 자작나무 가지에 새로 돋아난 연초록빛 잎이 무성했다. 부드러운 색을 간직한 잎사귀 사이로 오후의 햇빛이 내리쬐었다.

일라와 마리가 그늘에 앉아 차를 마셨다. 마리는 아예 커다란 담요를 펼치곤 찻잎을 띄운 물병과 식기를 내려놓았다. 짧은 저고리에 짙은 색 바지를 입었고 허리에는 지소의 검을 찼다.

일라는 착잡한 마음으로 나무 그릇에 담긴 경단과 생

강즙을 넣은 유밀과, 살구를 넣어 조린 과편을 물끄러미 보았다.

이제 어리와 위지는 그들이 소풍을 다닌다고 여겼다. 특히 어리는 매일 이런저런 간식과 음료를 마리의 손에 들려 보내면서 언제 한번 같이 나갔으면 좋겠다는 속 터지는 말을 건넸다. 얄궂게도 날씨까지 좋았다.

오늘도 열 번이나 연이어 계단을 올랐지만, 수련장으로 가는 입구는 열리지 않았다. 벌써 한 달이 넘었는데도 아무런 변화가 없었다.

"마음, 마음이라고? 대체 마음이 뭔데? 눈에 보이지도 않고, 들리지도 않고, 냄새를 맡을 수도 없고, 만질 수도 없어. 마음이란 게 과연 정말로 존재하는 것인지조차 모르겠어. 마음은 그냥 저절로 움직이는 거잖아. 그런데 어떻게 마음을 마음대로 조절할 수 있다는 거지?"

일라가 지친 눈을 호수에 두고 중얼거렸다.

"왕녀님, 일단 마음부터 차분하게 가라앉히세요. 곧 요령을 익히실 수 있을 거예요. 누구에게나 시간이 걸리는 일이에요."

마리가 일라에게 찻물이 담긴 잔을 건넸다.

"마리, 넌 지소부인 밑에서 몇 년 동안 수련하고 있었으니까 나랑 비슷한 과정을 거쳤을 거야. 그렇지?"

"계단에 걸린 마법은 처음 보았지만, 마음을 다잡는 훈련은 예전에도 했었고 지금도 계속하고 있어요. 저로서는 그저 단순한 기초 체력 단련과 크게 다르지 않지만요."

"지소부인은 나에게 전일한 마음을 가져야 한다고 했어. 그 전일한 마음이라는 게 어떤 건지 전혀 짐작이 안 가."

"완전하게 하나가 된 마음이에요. 으음…, 어떻게 설명하면 좋을까요? 그러니까 왕녀님께서 뭔가 흥미로운 일에 온통 관심을 쏟을 때, 이를테면 책을 읽으시거나 아름다운 꽃을 바라보시거나 아니면 골똘히 생각에 잠겨 계실 때 누가 옆에 있어도 모르고, 말을 걸어도 들리지 않잖아요. 그렇게 어떤 한 가지에 온전하게 정신이 집중된 상태를 의미해요. 저는 주로 대련할 때 그런 상태가 되어요. 비록 연습용 목검이지만 검을 들고 상대를 마주하면 다른 모든 건 들리지도 보이지도 않아요. 가끔은 상대방마저 보이지 않아요. 그저 검만 보이죠. 검을 든 나와 상대하는 검 외에 다른 것은 존재하지 않는 것 같아요. 아무 생각도 들지 않고요. 텅 비었지만 공허하지 않죠. 아무것도 없는데도 완전함을 느낄 수 있어요. 너무나 이상한 일이죠. 혹시 왕녀님께서도 그런 느낌을 받으신 적이 있나요?"

"머릿속에 아무 생각도 없다고? 흠…, 아니, 없는 것 같아. 어떻게 그럴 수 있지? 생각이란 생각하지 않으려고 해도 떠오르는 거잖아."

"그렇긴 해도 정신을 집중하고 노력하면 잡념 없는 상태를 유지할 수 있어요. 그럴 때 마음의 동요가 가라앉고 앞에 있는 단 하나의 목표만이 눈에 들어와요."

"네 말을 계속 듣다 보니 왠지 알 것 같은 느낌이 들어. 다시 한번 계단을 오르도록 하자. 이번에는 생각을 아예 안 하면서 계단을 올라볼게."

두 사람은 나무 그늘에 차려놓은 다과를 그대로 두고 다시 돌계단 밑으로 내려가 한 번 더 계단을 올랐다.

소용없었다.

여전히 일라의 주변이 어지럽게 일그러졌다. 몇 번을 반복했지만 마찬가지였다.

일라는 자작나무 그늘로 돌아와 담요 위에 털썩 엎드려 누웠다.

"아, 생각하지 않으려고 할수록 더 많은 생각이 들어. 아무래도 난 안될 것 같아."

일라의 입에서 탄식이 흘러나왔다.

도무지 마음을 다잡을 수 없었다. 자신에게 강력한 마야가 있다는 사실을 알게 된 후 일라는 흥분 상태에서 벗어나지 못했다.

동시에 마음을 짓누르는 두려움과 압박을 느꼈다. 일라에게 마야는 양날의 칼이었고 힘이 되기보다는 목숨을 앗아갈 가능성이 더 컸다.

"마리, 어떻게 하면 좋을까? 기억을 잃어버린 지 벌써 1년이 지났어. 아맥으로 끌려가게 될 날이 자꾸 다가오고 있다고."

일라는 아맥을 떠올리기만 해도 손발의 감각이 무뎌졌다. 수련을 선택한 이상 하루라도 빨리 마법을 익혀야 할 텐데 아무것도 못 하고 나무 아래 엎드려 있자니 속이 상했다. 초조함에 저절로 한숨이 나왔다.

그녀는 어느덧 열다섯 살 탄생일을 앞두고 있었다.

오월 초하룻날, 소본성에서는 왕녀의 탄생을 축하하는 행사가 이어졌다.

색색의 등불이 밤하늘을 밝혔고 백성들은 왕실로부터 먹거리와 생필품을 받았다. 궁중에서는 귀족과 관리 수백 명이 모인 연회가 열렸다. 은궁에서 대부분의 하객을 받아 잔칫상을 내었다.

일라는 삼관과 선별된 관리 몇 명만 참석한 수정궁 행사에 잠깐 얼굴을 비추고 이내 내전으로 돌아왔다.

행사를 준비하느라 내내 분주한 지소 대신 일라의 몸단장을 책임졌던 어리는 행사가 끝난 후에도 한동안 일라를 들볶아 이런저런 옷을 입혔다.

"왕녀님, 이렇게 아름다운 장포와 치마저고리를 쌓아 두고 그런 비루한 옷만 골라 입으시면 저희가 손가락질 받습니다."

어리의 손에 죽은 동물처럼 뻣뻣하게 끌려가던 일라가 동향 외방의 마리에게 필사적으로 눈짓했지만 마리는 모르는 척 시선을 피했다.

그때까지 일라는 다른 이의 도움 없이 스스로 씻고 내키는 대로 옷을 챙겨 입으면서 지나치게 소박한 차림으로 얼굴 한번 제대로 들여다보지 않았다.

일라는 마지못해 거울 앞에 섰다.

1년 전 둥근 공 같았던 작은 소녀는 간 곳이 없었다.

어리는 일라에게 길고 풍성한 진주색 치마저고리와 연한 청록색 무늬가 있는 장포를 입히고 금세공으로 장식한 넓은 분홍 허리띠를 둘러주었다. 보석 장신구를 꽂은 머리카락에서 윤기가 흘렀다.

일라는 거울에 비친 자신의 모습을 다시 보았다.

위지만큼은 아니지만 부쩍 키가 컸고 섬세한 골격이 드러나는 어깨와 가늘고 긴 팔다리에 지방 대신 근육이 붙었다. 이전과는 비교할 수 없이 튼튼해 보였다.

하지만 새하얀 얼굴에 깊고 짙은 눈동자가 금방이라도 무너질 듯 불안해 보였다. 단단한 닻으로 잡아맨 듯 미동 없는 위지와 마리의 눈과는 딴판이었다.

위지와 마리는 투철한 의지로 일라를 보위하고 있었다. 일라에게는 그들의 보위를 받을만한 자격이 있어야 했다. 이렇듯 엉성하고 연약한 모습으로는 어림도 없었다.

내전을 찾은 화공의 화포 앞에서 몇 시간 동안 꼼짝하지 못하다가 방으로 돌아온 일라는 마리와 어리에게 함께 차를 마시자고 했다.

"어머나, 왕녀님과 차를 마실 수 있다니, 너무 좋아요."

마리는 거절했지만 어리는 냉큼 다과상을 차렸다.

열아홉 살이 된 어리는 순진하게 웃음 짓는 걸 좋아했다.

하지만 그게 전부가 아니었다. 장미꽃이 담긴 화병을 들고 일라의 방으로 가로지르는 어리의 발걸음은 진중했다.

한번은 내전 복도를 지나던 일라의 눈에 익숙한 물건이 들어왔다.

내전 복도 끝 커다란 화병을 올려놓는 낮은 탁자에 꽃을 바꾸려는지 화병은 없고, 덩그러니 탁자만 있었다. 지난해 일라가 헉헉거리면서 내전 뜰을 걸을 때마다 어리가 들고 다녔던 바로 그 의자였다.

탁자는 남쪽 나라에서 자란 흑색 자단나무로 만들어 몹시 견고했다. 깜짝 놀랄 만큼 무거워서 양손을 모두 사용해야 겨우 들 수 있었다.

일라는 버드나무처럼 가녀린 어리가 탁자를 한 손으로 번쩍 들어 무거운 기색 없이 들고 다녔던 걸 기억해냈다.

무예를 익히고 신체를 단련하는 내전 여관은 마리 혼자가 아니었다.

"혹시 어리도 체력 단련을 하나요?"

일라는 돌려 말하지 않고 직설적으로 물었다. 어리가 거친 훈련과 어울리지 않는 가녀린 눈웃음을 지으면서 대답했다.

"네. 저는 몸에 근육이 잘 붙지 않는 체질이거든요. 계속 수련하지 않으면 물동이 하나도 제대로 들지 못할 거예요."

"설마 검도 다룰 수 있어요? 마리처럼요?"

일라가 눈을 동그랗게 뜨고 재차 확인했다.

"춤추는 무녀들도 검을 휘두르던걸요. 저라고 못할 게 있나요?"

어리가 발랄한 목소리로 대꾸했다.

어리에게는 주변을 환하게 만드는 재주가 있었다. 짓눌려 있던 일라의 마음이 한결 가벼워졌다.

"어리도 무예를 익히고 있었구나. 얼마나 됐어요?"

"올해로 9년째입니다."

"그럼 내가 돌계단을 오르는 이유도 알겠네요?"

"마리와 함께 소풍을 다니시는 것 아니었나요?"

어리의 장난스러운 대꾸에 일라가 풀죽은 목소리로 말했다.

"마음의 동요를 잠재우는 훈련을 하고 있어요. 그런데 잘되지 않아요."

어리가 일라를 위로했다.

"원래 상시님의 수업은 마음을 다잡는 첫 단계가 가장 어려워요. 저도 크게 낙담했었죠. 그런데 알고 보니 저만 그랬던 게 아니더라고요. 누구라고 할 것 없이 첫 번째 수업이 가장 어려웠다고 털어놓았어요. 그중엔 6년이나 걸린 이도 있죠."

"6년이라고요? 그건 안 돼요. 그렇게 오래 걸린다면 난⋯."

어리가 의아한 듯 고개를 갸우뚱하자 일라는 황급히 말을 바꿨다.

"아무런 진전도 없는 일을 6년이나 반복하다니 너무 하잖아요."

일라의 말에 어리가 빙긋 웃었다.

"그래서 전 바느질을 시작했답니다."

"바느질요?"

"네, 자수를 놓았죠. 그땐 삐뚤거리는 바느질 자국이 언젠가 장인의 솜씨처럼 능숙하고 유려해진다면 제 마음 또한 다스릴 수 있을 거라고 여겼거든요."

"무슨 말인지 알 것 같아요. 음…, 바느질이 영 서툴다면 그 또한 마음을 고요하지 못한 걸까요? 지난겨울 위지가 만든 손싸개를 보니까 바느질이 꼭 그렇던데요. 위지는 수련을 안 하나요?"

일라의 말에 어리가 까르르 웃었다. 그러고는 외방에 있는 마리가 들을까 목소리를 낮춰 말했다.

"위지는 바느질할 필요가 없어요. 그애는 정말 타고났으니까요. 왕녀님, 위지와 마리는 뭐랄까, 평범한 수련자가 아니랍니다."

어리는 위지의 검술 실력이 동대륙 최고의 무사들과 견줄만하다고 귀뜸했다.

위지가 일라의 처소로 오는 시간은 일정했다. 정오가 훌쩍 지나 미시가 다 되어서였다.

위지는 진시까지 북향 외방을 지키다가 어리와 교대했다. 일라가 계단을 오르러 나간 후에야 내전으로 돌아와서 마리가 없는 아침까지 자리를 지켰다.

마리와 어리가 동시에 근무하는 시간에는 어디론가 사라져 모습을 보이지 않을 때가 많았지만, 아무도 없는 새벽 시간만큼은 내전을 이탈하지 않았다.

훈련을 통해 강인한 기를 지녔을 텐데 위지는 무리에

섞여 있으면 눈에 잘 띄지 않아서 늘 있는 듯 없는 듯한 인상을 주었다.

최근 위지는 여관에서 위병으로 명부를 옮겼다. 그 덕에 내전 안에서도 검을 지닐 수 있었다.

수정궁에서 무기를 소지하고 전각 내부로 들어올 수 있는 사람은 오직 무관뿐이었다. 마리도 지소의 검을 지니고 내전 안팎을 돌아다니지 못했다.

위지는 검을 지녔지만 여관 복장을 그대로 유지했다. 바닥이 끌리는 긴 주름치마 대신 토시를 댄 짙은 색 바지로 바꿔 입었을 뿐이었다.

위지가 감정을 드러내는 경우는 드물었다. 그녀는 늘 같은 표정을 유지했다. 침착한 마리조차도 위지의 동요하지 않는 단단함에 비하면 아직 미숙하고 불안해 보였다.

일라가 물었다.

"위지는 감정을 느끼지 못하는 걸까요?"

"그럴 리가요. 위지도 매번 마음이 동요해요. 다만 그 아인 검을 잡는 순간, 검과 하나가 되어버려요. 쓸데없는 상념이 저절로 사라지는 거죠. 마음을 다잡을 필요 없이 그저 검을 잡고 수련하는 것만으로 마음 깊은 묵은 감정과 고통이 해소된다고 해요. 위지와 마리는 특별한 사람들이에요. 이미 자신의 길을 알고 있어요. 그래서 행하고자 하는 바에 흔들림이 없어요. 아직 어리긴 하지만 마리도 곧 위지처럼 굳건한 무사가 될 거예요."

어리가 이어 말했다.

"평범한 저로서는 그저 부러울 뿐이에요. 전 흔들리고, 흔들리고, 또 흔들리죠. 아직도 저의 자리를 찾지 못했어요. 그런 저의 마음은 수면과 같아요. 한번 잔잔했다고 영원히 잔잔한 건 아니죠. 바람이 불거나 돌멩이가 떨어지면 고요했던 마음이 다시 요란하게 물결쳐요. 그럴 때마다 자수를 놓거나, 차를 따르거나, 요리하거나, 화병에 꽃을 꽂아요. 전 그렇게 매일 어렵게 마음을 다잡는데 그 두 사람은 시간을 소비하지 않고 그저 앞으로 나아간단 말이죠. 불공평해요."

어리가 어깨를 으쓱했다.

늦은 오후가 지나 해가 기울 무렵 이태가 내전을 찾았다.

일라와 마주한 이태가 말했다.

"지소부인께서 당분간 왕녀님의 건강 검진을 중단하겠다더군요. 왕녀님에게 특별한 병증이나 상처가 생기면 그때 부르겠다고요."

그는 일라의 안색을 살폈다.

일라가 말했다.

"맞아요. 더는 검진을 위해 내전까지 오시지 않아도 괜찮아요."

"왕녀님, 다른 일은 없습니까?"

이태는 신중한 인물이었다. 그에게 확인되지 않은 사실은 사실이 아니었다. 그는 일라에게 마야가 없다고 판단했다. 일라에게 마야가 발현되었다는 증거가 없기 때문이었다.

그러나 그는 바보가 아니었다.

그간 일라는 외모와 더불어 내면까지 달라졌다. 이태는 일라의 변화를 주시했고 혹시라도 그가 일라에게 마야가 발현되었다는 사실을 확증한다면 소본 땅에는 거대한 폭풍이 몰아치게 될 것이다. 그리고 무자비한 폭풍에 가장 먼저 휩싸이게 될 사람은 바로 이태 자신이었다.

지소가 그의 검진을 중단시킨 이유도 그 때문이었다.

일라는 이태에게 아내와 결혼하지 않은 여식이 있다는 사실을 떠올렸다.

일라가 대답했다.

"없어요."

다음 날 정오가 지날 즈음 일라는 뒤뜰 돌계단 앞에 섰다.

그녀에게 마야가 발현되었던 그날 이후 장향전은 마리와 어리, 위지를 제외하고 그곳을 드나들던 스무 명 남짓했던 여관들의 출입이 금지되었다.

일라가 내전 밖으로 나가 수정궁 곳곳을 돌아다녔을 때도 그녀가 지나는 자리에는 궁인들이 없었다.

지소가 미리 손을 쓴 것이다.

어쩌면 소본성의 행정기구가 은궁으로 옮겨가게 된 배경에 일라가 있었는지도 모른다.

일라는 계단 위를 올려다보았다. 회색빛 하늘이 어두웠다.

눅눅한 공기에서 물 내음이 나더니 이내 가랑비가 내리기 시작했다.

바람을 따라 물기를 흩뿌리던 빗방울이 조금씩 무거

워지다가 일라의 얼굴로 톡톡 떨어졌다.

일라는 이태의 말을 되새겼다.

"비가 조금씩 내리기 시작하면 사람들은 걱정합니다. 옷이 비에 젖을까 흙탕물이 치맛자락에 튀지 않을까 신발이 더러워지지 않을까 하고요. 조금이라도 비를 덜 맞으려고 안간힘을 씁니다. 걱정하는 일들이 현실로 나타날까 두려워하기 때문입니다. 하지만 왕녀님, 한여름의 소나기를 맞으며 한참 서 있다 보면 깨닫게 되실 겁니다. 비를 맞는 일이 생각보다 아무렇지 않다는 사실을요. 내리는 빗줄기 한가운데 서 있는 사람은 옷이 젖을까, 흙탕물이 튈까 더는 두려워하지 않습니다. 그저 온전하게 비를 맞을 뿐입니다. 왕녀님에게 벗어날 수 없는 괴로움이 있다면 차라리 그 괴로움 안으로 들어가십시오. 그 안에서 온전히 괴로워하십시오. 그렇게 하신다면 우리가 느끼는 괴로움은 대부분 실재가 아닌 상념에 불과하다는 사실을 깨닫게 될 겁니다. 우리를 괴롭히는 상념은 실제로 일어난 현상이 아닙니다. 과거의 기억이거나, 앞으로 일어날지도 모르는 미래에 대한 상상입니다. 마음이란 생각에 의한 몸의 반응입니다. 마음을 동요하게 만드는 건 현상이 아니라 생각입니다.

왕녀님, 마음을 괴롭히는 생각이 무엇인지 구체적으로 인식하십시오. 그렇다면 괴로움에서 벗어나 한 걸음 더 나아갈 수 있습니다. 여전히 안전한 우산을 쓰고 그저 빗줄기나 바라보며 상념에 젖어있는 제가 감히 이런 말을 할 수 있는 처지가 아니기에 부끄럽지만, 지금의 왕녀님께 도움이 될지 몰라 무릅쓰고 드리는 말입니다."

빗방울이 점점 더 빠르게 떨어졌다.

일라는 계단을 올라갔다.

가슴 깊숙한 곳에 겹겹이 쌓아두었던 감정들이 모습을 드러내기 시작했다. 그녀 주변이 즉시 일그러졌다.

개의치 않고 다시 한 계단을 올랐다.

강렬해진 감정은 신체를 동요시켰다. 가슴이 두근거리고 머리끝으로 피가 몰렸다. 심장 주변이 돌에 눌린 듯 답답했다.

누한을 만난 이후 일라는 줄곧 그런 상태였다.

그건 미래에 대한 불안이라기보다는 가슴속 깊은 곳에 숨겨진 원초적인 본능에 가까웠다. 그녀 마음속에 자리 잡은 뿌리 깊은 두려움이 그녀를 쉬지 않고 옥죄는 중이었다.

일라는 그 두려움에서 결코 벗어날 수 없음을 알았다.

계단 끝까지 올라가자 검은 자작나무 들판이 나타났다. 몇 번이나 첫 번째 계단으로 다시 내려가야 했다.

계단 끝에 닿을 때마다 일라는 혹시 수련장의 입구가 열릴까, 자신도 모르게 기대를 품었다.

그러다 기대가 무색하게 검은 자작나무 들판이 나타나면 순식간에 절망의 나락으로 떨어진 듯한 기분이 되었다.

자작나무 잎에 빗방울 부딪히는 소리가 귓가를 울렸다. 비를 맞은 숲이 진한 흙 내음을 풍겼다.

빗줄기가 점점 더 강해지더니 이윽고 폭우가 세차게 쏟아져 내렸다. 돌계단 사이로 작은 폭포처럼 빗물이 흘러내렸다.

물을 흠뻑 먹은 머리카락과 옷자락이 일라의 몸에 무겁게 달라붙었다. 우산을 받쳐주려고 애쓰던 마리는 고스란히 비를 맞으면서 말없이 일라 뒤를 따랐다.

어리가 안타까운 표정으로 기웃거리다가 위지의 손에 질질 끌려 내전으로 돌아가는 모습이 눈에 들어왔다. 어리도 위지도 모두 비를 맞았다.

기억을 잃고 처음 눈을 떴을 때 느꼈던 지독한 무력감이 되살아났다.

마리와 지소, 위지, 어리….

일라로 인해 운명이 바뀌게 될 사람들이었다. 어쩌면 소본 전체가 위험에 빠질 수 있었다.

그러나 정작 일라에게는 고양이 한 마리도 지킬 힘이 없었다. 마야가 발현되었지만 그것을 사용할 수도 확인할 수도 없었다.

소본의 왕녀라는, 태어나면서 우연히 얻게 된 신분조차 진정으로 그녀에게 속한 것은 아니었다.

일라는 여전히 자신이 누구인지, 어디로 가야 할지, 무엇을 해야 할지 알 수 없었다.

자신이 입고 있는 서대륙에서 건너온 면직으로 만든 섬세한 저고리와 물소 가죽 신발을 내려다보았다.

부끄러움으로 두 볼이 뜨겁게 달아올랐다.

쏟아지는 빗줄기에 제대로 눈을 뜰 수 없었다. 입을 벌려 더 많은 숨을 마시려고 할 때마다 빗물이 입안으로 들어왔다.

희망과 좌절이 반복되면서 일라의 마음은 점점 수렁으로 빠져들었다. 열망과 절망 사이에서 고통은 심해지고 마음은 더욱 동요했다.

가쁜 숨으로 폐가 터질 것 같았다. 다리가 납덩어리처

럼 무거워서 이따금 걸음을 멈췄다. 그렇게 쉬다가 다시 또 계단을 올라갔다.

일라는 두 손으로 움직이지 않는 다리를 짚으면서 발을 내디뎠다. 열기로 달아오른 몸에서 하얗게 김이 올랐다.

오직 정신만이 명료하게 상황을 인식했다.

다시 또 첫 번째 계단을 오르자 가슴 속에서 소용돌이치던 감정과 머릿속을 어지럽히던 상념이 점차 흐릿해졌다.

일라는 기대를 저버리고 행위를 반복하는 것 외에는 길이 없음을 깨달았다.

'그냥 계단을 한 개만 더 올라가자. 그것뿐이야. 그것만 하면 돼. 세상에서 이보다 더 쉬운 일은 없잖아. 이조차 할 수 없다면 내가 할 수 있는 일은 아무것도 없어.'

일라는 오직 돌계단에 시선을 고정하고 한 계단 또 한 계단을 올라갔다.

'다른 모든 일은 잊어버리자. 한 계단, 또 한 계단만. 걸음을 멈추지 마.'

마지막 계단에 이르렀을 때 일라는 그것이 마지막 계

단인 줄도 몰랐다. 더는 오를 계단이 없자 몸을 돌려 내려가려고 했다.

문득 비가 멈췄다.

짐작할 수 없을 정도로 시간이 흘렀고 어두침침한 사방이 고요했다. 눈을 들어 하늘을 올려다보니 짙은 회색으로 뒤덮인 하늘 저편에서 구름 조각이 밝았다가 이내 어두워졌다가 다시금 빛을 발했다.

먹구름이 빠르게 걷히고 저물어 가는 약한 빛이 드러났다. 먼 하늘이 선명한 분홍색과 보라색, 주홍색으로 물들면서 일순 황금색 노을빛이 찬란하게 빛나다가 스러졌다.

내려갈 계단이 보이지 않았다.

나지막한 파도 소리와 바람 소리가 들렸다.

일라와 마리는 비에 흠뻑 젖은 채 새하얀 자갈이 깔린 호숫가에 서 있었다.

검은 자작나무 들판은 사라졌고 투명한 호숫물이 일라의 발 가까이 다가왔다가 멀어졌다.

출렁이는 호숫물 위로 맑은 바람이 지나갔다. 거미줄처럼 얇게 반짝거리는 호수 수평선 너머에서 광활한 하늘이 시야를 가득 채웠다.

저물어 가는 노을빛이 붉게 타올랐다. 호수가 하늘의 빛을 품은 채 조금씩 어두워지고 있었다.

적어도 천년이 지나는 동안 사람의 흔적을 지운 듯한 그곳에 푸르고 붉은빛이 어른거리는 동굴이 나타났다.

비밀의 수련장이었다.

동굴 입구를 바라보는 일라의 눈에서 눈물이 났다. 그녀도 알고 있었다. 그녀는 너무 자주 눈물을 흘렸다.

일라는 이미 젖어버린 소맷자락으로 눈물과 콧물을 닦아내면서 언젠가 무사히 어른이 되면 두 번 다시 울지 않겠노라 다짐했다.

마리가 빗물이 뚝뚝 떨어지는 손수건을 건네려다가 그냥 도로 넣었다.

chapter

04

—

빛나는
별의
창고

I

도량의 집은 은궁과 인접한 동북쪽, 궁전을 드나드는 귀족들이 모여 사는 부유한 촌락 끝자락에 자리했다.

적당한 간격으로 늘어선 고급 가옥들은 지붕에 검은 기와를 얹었고 높게 올린 담 안쪽으로 대리석 조각상과 석등이 놓인 정원을 조성했다.

잔뜩 멋을 부린 재력가의 대궐에 비해 산을 등지고 숨겨진 듯 지어진 그의 집은 얼핏 수수해 보였지만 실은 소본성에서 가장 넓었고 시간과 비용을 아낌없이 쏟아부어 장식한 구석구석이 은궁 못지않게 호화롭고 섬세했다.

지소는 등이 굽어 왜소한 키에 무명옷을 걸친 도량과 마주했다.

예순을 훌쩍 넘긴 도량은 안후 여왕 집권 말기에 발탁된 인물이었다. 냉정하면서도 합리적인 성격으로 신흥 귀족이었던 계노 가문을 불과 몇십 년 만에 소본의 최고 명문가로 키운 장본인이 바로 그였다.

도량이 입을 열었다.

"지소부인께서 이곳까지 찾아와서 하고 싶은 말이 무

엇인지 궁금해지는구려."

지소가 잠시 뜸을 들이다가 입을 열었다.

"상가 어르신, 막내 아드님의 혼사를 다시 한번 축하드립니다. 어르신께서 내로라하는 가문의 혼담을 전부 거절한 끝에 성사된 혼인이라 세간의 관심이 이만저만 아니었지요. 혼인 상대가 이름도 없는 평범한 집안의 처자라 한동안 소본성 전체가 떠들썩했던 기억이 나는군요."

"늘그막에 얻은 늦둥이라 저 좋다는 여자와 혼인을 허락한 것뿐이라오. 그 아인 제 형들과 달리 출세에 관심이 없는 것 같고, 막내만큼은 저 살고 싶은 대로 살게 할 셈이라오. 이젠 나이가 들어서 그런지 사람들의 입방아 따위 그리 신경 쓰이지 않는다오."

지소가 창밖으로 시선을 돌려 연꽃이 핀 수면 아래로 은색 비단잉어가 헤엄치는 넓은 연못을 한참 바라보았다.

"상가 어르신, 이제 소본 왕실에 마야를 가진 왕족은 남아있지 않습니다. 어쩌면 여왕 폐하의 혈통 자체가 영영 사라질지도 모릅니다. 왕가의 멸절 말입니다. 어르신께서는 왕실이 부재한 소본의 앞날을 준비하셔야 하지 않겠습니까?"

"허허, 이것 참 듣기 거북한 말이로군. 멀쩡하게 살아 계신 왕녀님을 두고 어찌 그런 불충한 말을 입에 담을 수 있단 말이오. 왕녀님께선 소본을 떠나시겠지만, 장차 그분이 생산하실 왕자님은 해씨 성을 물려받아 소본의 제왕이 되실 거요. 소본 왕실의 혈통이 끊어지는 일은 일어나지도 않을 것이고 일어나서도 안 되오."

"상가께서도 이미 아시지 않습니까. 건국 이래 소본 왕실에서 왕자가 태어난 적은 없습니다. 지난 천 년 동안 말입니다."

"왕실에 왕자가 없었던 건 여왕 폐하의 마야 때문이었소. 왕녀님께서는 마야를 지니지 않으셨으니, 왕자가 태어날 수도 있잖소."

"왕녀님께서 꼭 자손을 낳으시리라는 보장도 없지요. 만약 여왕 폐하의 혈통을 가진 공주라면 아맥 황실에서 순순히 소본으로 보내줄 리도 없고요. 이것은 불충이나 역모가 아닙니다. 오히려 그러한 사태를 미리 대비하지 못한 것이야말로 불충 아니겠습니까? 상가께서는 여왕 폐하를 직접 모셨으니 잘 아실 테지요."

도량이 한층 두꺼워진 눈빛으로 그녀의 표정을 헤아

리더니 시선을 무겁게 내렸다.

"지소부인, 이 소본 땅에서 왕위에 오를 수 있는 이는 오직 마야를 가진 여왕뿐이라오."

"상가께서 그런 말씀을 하시다니 제 귀로 듣고도 믿을 수 없군요. 제후국의 지위를 거부했던 여왕파 세력을 직접 의서성에서 축출하셨던 분이 바로 어르신 아니었습니까. 여왕파 세력들은 아직도 마야를 가진 왕실의 방계 혈족을 찾고 있다지요. 하지만 모두 소용없는 헛일입니다. 여왕 폐하의 마야는 사라졌고 현재 이 나라는 국왕이 다스리고 있습니다. 비록 그자가 아맥으로 도망쳐 버려 공석이 되긴 했지만요."

지소는 검버섯이 잔뜩 핀 도량의 얼굴을 빤히 보았다. 소본의 실질적인 권력자인 그의 모습은 겉보기엔 집에서 일하는 늙은 정원사와 잘 구분되지 않았다.

"아맥 황실에서 입궁령이 떨어지면 왕녀님께서는 영영 소본으로 돌아올 수 없습니다. 음모가 판치는 아맥 황실에서 얼마나 버티실지도 알 수 없습니다. 그러니 상가께서는 아맥을 설득하여 새로운 국왕을 옹립하시고 소본이 부마국의 지위를 얻도록 힘을 보태십시오. 그것이 모두를 위한 길입니다."

말이 끝나자 지소는 자리에서 일어났고 도량이 그녀를 배웅했다. 정원을 가로질러 대문 앞에 이르자 그가 중얼거리듯 물었다.

"왕녀님께선 결국 마야를 발현시키셨는가? 지소부인은 대체 무엇을 생각하고 있는가?"

"재차 말씀드리지만, 왕녀님껜 마야가 없습니다. 어의가 직접 확인해 주지 않았습니까? 그에게 다시 물어보십시오. 그는 거짓을 고할 인물이 아닙니다."

지소가 냉랭한 표정으로 이어 말했다.

"아니면, 상가께선 진실을 듣고 싶은 겁니까? 그 진실이 어르신에게 아무런 도움이 되지 않는다면 어쩌시려고요?"

도량이 긴 한숨을 내쉬면서 고개를 가로저었다.

"이태가 하는 말은 틀림없소. 내가 괜한 질문을 한 모양이군."

그가 덧붙였다.

"지소부인, 사람들이 돌아서서 내게 어떤 욕설을 퍼붓는지 이미 알고 있소. 하지만 나는 불충한 반역자가 아니라오. 이 모든 일은 여왕 폐하의 유지였소."

"제가 왜 모르겠습니까. 오직 무지한 자들만이 어르

신에 대한 분별없는 험담을 늘어놓는 것이지요."

지소는 얼굴에 검은 면사를 두르고 튼실한 빗장이 달린 문을 나섰다.

수정궁으로 향하는 큰길이 한산했다. 그녀를 눈여겨보는 이도 없었다. 어느 틈엔가 위지가 지소 옆으로 다가와 낮은 목소리로 속삭였다.

"상시님, 상가께선 공식 업무 외에 따로 아맥 황실과 접촉한 정황이 없습니다."

"그렇겠지. 그는 여왕 폐하의 사람이었다. 왕녀님의 안위를 지켜주진 못해도 감히 위해를 가할 마음은 먹지 못할 것이다. 하지만 권력 앞에서 사람은 언제든 추악하게 돌변할 수 있지. 주의를 늦추지 말도록 해라."

"네."

위지가 잠깐 망설이다가 다시 입을 열었다.

"요 며칠 가실의 행방이 묘연합니다."

위지의 말에 지소의 낯빛이 굳어졌다.

일라가 탕약을 거부하면서 난동을 피운 날, 가실은 내전 별채 중 한 곳으로 끌려가 일주일을 갇혀있었다.

그곳은 천장이 높았고 땅을 깊게 판 내벽에 나무판을 치밀하게 세운 지하 밀실이었다.

사방에 창이라곤 보이지 않았다. 견고하고 육중한 문에는 바깥에서 안을 들여다볼 수 있도록 작은 철창이 뚫려있었다. 그 사이로 희미한 불빛이 새어 들어왔다.

주변이 말끔했고 지내기에 불편함이 없도록 최소한의 살림을 갖춰 놓았지만, 누가 봐도 감옥이었다.

가실은 자신이 봐서는 안 되는 무엇을 보았다는 걸 깨달았다. 바로 왕녀의 병증이었다.

일라가 비명을 지르면서 정신을 잃자 가실은 지소를 돌아보았다.

지소의 표정에서 뭔가 잘못되었음을 감지한 가실은 얼른 구석으로 물러섰다.

푸르고 붉은빛이 일라의 몸에서 뿜어져 나와 마치 불타오르는 것처럼 보였다. 내전 여관들도 더는 일라의 몸에 손대지 못했다.

그 와중에 가실은 일라의 눈동자에서 보랏빛 광채가 기이하게 번쩍거리는 걸 똑똑히 보았다.

가실은 이전에도 정신이 온전하지 못한 사람 본 적이 있었다. 눈동자에 색이 있는 색목인에 대해서도 알고 있었다. 하지만 보랏빛으로 휩싸인 왕녀의 모습은 어디에서도 본 적이 없었다.

무슨 일인지 사정을 알 수 없었으나 떠도는 소문처럼 왕녀에게는 심각한 지병이 있는 게 확실했다.

가실은 지하 감옥으로 들어오는 지소의 모습을 보는 순간 왕녀의 병증을 입 밖으로 말하는 즉시 목숨이 위태로워지리라는 본능적인 판단을 했다.

"맹세코 저는 아무것도 보질 못했습니다!"

며칠 동안 계속된 취조와 회유에도 가실은 끝까지 모르쇠로 일관했고 덕분에 감옥에서 풀려날 수 있었다.

그 뒤로 가실은 내전 여관이 되겠다는 생각은 꿈에도 하지 않았다.

잘 사는 것보다 사는 것이 중요했다.

이전처럼 수정궁에서 허드렛일을 계속했으나 웬일인지 그녀는 고단한 업무에서 제외되었다. 대신 내전 여관들이 그녀의 행동거지를 꼼꼼하게 주시했다.

그런 가실이 사라졌다.

그녀가 살던 움막집에는 이미 사람의 흔적이 없었다. 함께 살던 노모와 식솔의 행방도 묘연했다.

지소는 가실의 실종이 마음에 걸렸다. 어쩌면 그날, 가실을 처리해 입을 막았어야 했는지도 모른다.

애써 생각을 돌린 지소는 위지에게 물었다.

"왕녀님의 무예 수련은 어떻게 되고 있느냐?"

"성실하게 수련하시지만, 안타깝게도 왕녀님께서는 무예에 소질이 없는 듯합니다. 실전은 무리입니다. 마법을 발휘하시지도 못합니다. 그날 왕녀님의 모습을 보지 않았다면 왕녀님께 마야가 없다고 여겼을 겁니다. 하지만 마법을 읽는 능력만큼은 누구보다 뛰어나십니다. 기를 다루지 못하시는데도 기의 작용을 정확하게 간파하시더군요."

고개를 끄덕이는 지소의 얼굴이 어두웠다.

Ⅱ

"그만."

위지가 소리쳤다.

천으로 둘둘 감은 호아의 목검이 아랑곳하지 않고 일라의 손목을 내리쳤다.

일라는 엉겁결에 뒤로 물러서다가 이번에는 머리를 향해 후려치는 목검을 피하지 못하고 그대로 쿵 엉덩방아를 찧었다.

위지가 호아를 날카롭게 쏘아보았지만 열한 살 소년

호아는 모르는 척 딴청을 피웠다.

장향전 뒤뜰 돌계단과 이어진 비밀 수련장은 소본 최
북단에 위치한 호숫가 동굴이었다.

그곳에서 북서쪽으로 조금만 더 올라가면 곧바로 국
경이었다.

국경이라고 해도 인접한 나라는 없었다.

그 너머에는 몇 되지 않는 사람들이 양을 키우면서 살
아가는 광활한 북극 지대, 고마가 있었다. 극심하게 춥
고 살기 어려운 곳이라 국가의 형태를 갖추지 못한 촌
락뿐이었다.

고마와 인접한 비밀 수련장은 수정궁과 멀리 떨어져
말을 타고 달려도 일주일 넘게 걸렸다. 마법이 아니라
면 쉽게 오갈 수 없는 거리였다.

마리와 함께 비밀 수련장에 도착한 일라는 한두 사람
이 겨우 지날 정도로 비좁은 입구를 지나 동굴 안으로
들어갔다.

어두운 어귀에서부터 거대한 종유석과 석순이 윤곽을
드러냈고 그 사이로 희미한 빛이 어른거렸다.

깊숙한 곳까지 들어가자 연못이 있는 넓은 공간이 나
타났다. 벽과 천장이 온통 자수정으로 뒤덮여 푸르고

붉은빛을 뿜어냈다.

그곳이 수련 장소였다.

일라는 호아의 목검이 빗겨나간 정수리를 연신 문질렀다. 눈물이 쑥 나왔다. 정통으로 맞았다면 꽤 아팠을 것이다.

호아는 검게 탄 얼굴에 하얀 이를 드러내며 히죽 웃었다. 두건 사이로 삐져나온 호아의 머리칼이 마른 풀처럼 부스스했다. 소년은 아무 데나 묻은 숯검정 같았다.

일라는 약이 바짝 올랐다.

호아는 왕녀인 일라에게 깍듯하게 예의를 지켰지만 한편 잘난 척 으스대면서 그녀를 한심하게 여기는 게 틀림없는 눈빛을 보내곤 했다.

'건방진 어린 녀석 같으니.'

마음 같아서는 작정하고 달려들어 본때를 보여주고 싶었지만, 그래봤자 어린애를 진심으로 상대한다고 위지에게 한 소리 들을 게 뻔했다.

위지는 검에 감정이 실리는 순간 실패하는 것이라고 몇 번이나 강조했다. 게다가 다시 대련해봤자 번번이 지는 쪽은 일라였다.

위지는 일라와 호아에게 각각 보완할 점을 알려주곤

수업을 마쳤다. 그녀는 일라와 호아의 검술 스승이었다.

때로는 마리가 수업을 대신했고 어리도 동굴을 드나들며 훈련을 감독했다.

대련을 마친 두 사람은 동굴 바닥에 놓인 활과 화살, 나무로 만든 과녁판, 목검을 비롯해 몇 가지 도구를 정리했다. 고운 자갈로 고르게 다져진 바닥이었다.

보랏빛 수정으로 둘러싸인 훈련장은 오래전, 여왕의 지키는 호위대, 비위군이 군사 작전을 세우거나 마법을 수련하던 장소였다.

안후 여왕 치세에 수천에 이르렀던 비위대는 여왕제 폐지와 함께 해산했다.

대부분 병부에 흡수됐지만, 여왕에게 충성했던 꽤 많은 수의 장수가 끝까지 비위의 흑색 군복을 벗지 않고 그대로 자취를 감췄다. 그들 중 상당수가 여왕의 복권을 꿈꾸는 여왕파 세력에 합류했다는 소문이 돌았다.

비록 터무니없이 적은 숫자였으나 수정궁에는 여전히 비위가 존재했다.

수십 명에 불과한 비위군은 대부분 내전에서 근무하는 여관이었다.

그들은 겉보기엔 다른 여관과 구분되지 않았고 명부에도 여관으로 기록되었다.

마리와 위지, 어리도 지소가 통솔하는 비위군으로, 세 사람 모두 전쟁 전략과 작전, 용병술 등 수준 높은 군사 훈련을 받은 후 검과 활을 다뤘다.

특히 위지는 당장이라도 수천의 군대를 통솔할 수 있는 훌륭한 지휘관이었다.

궁중 여관으로 일하는 비위군은 이른 새벽이나 늦은 밤, 내전 행랑채를 통해 동굴을 오갔다.

일라는 오후 무렵 장향전 뒤뜰 돌계단에서 수련장으로 향했는데 그 시간에 그곳에는 언제나 호아뿐이었다.

일라와 호아, 두 사람의 신입은 자수정 동굴에서 검술과 궁술의 기초를 배웠다. 비위군이라면 치열한 전장에서 자신의 몸 정도는 지킬 수 있어야 했다.

소본은 수천 년 넘게 탁월한 사냥기술을 익힌 유목민의 나라였다. 성년이 되면 누구나 말을 타고 빠르게 달리면서도 정확하게 과녁을 명중시킬 수 있었다.

물론 예외도 있었다.

난생처음 말에 올랐을 때 일라는 벌벌 떨면서 그저 안장에서 떨어지지 않기 위해 용을 썼다. 검술도 승마 못지않게 형편없었다.

호아가 일라의 마법 교본을 집어 들고는 이리저리 훑어보더니 툭 말했다.

"왕녀님께선 마야도 없으면서 왜 마법 공부를 하시는 거예요? 이거 읽으셔도 무슨 말인지 모르시잖아요."

"그럼, 넌 아니? 너도 마야가 없잖아."

일라는 호아의 손에서 책을 낚아채면서 옹졸하게 쏘아붙였다. 보호대를 착용했어도 목검으로 얻어맞은 손목이 얼얼했다.

"그러니까 마법 대신 검술 연습을 하잖아요. 왕녀님도 그 시간에 대련 훈련이나 더 받으시는 게 낫지 않겠어요?"

일라가 대꾸하지 못하고 씩씩거리자 호아는 맹랑한 표정을 짓더니 돌아섰다.

호아의 말은, 반은 맞고 반은 틀렸다.

일라는 마법을 구사할 순 없었지만 대신 그녀에게는 마야에 반응하는 예리한 직관이 있었다.

본격적으로 마법을 공부하면서 일라는 조금씩 사물의 기를 감지할 수 있었다.

눈에 보이거나 만질 순 없지만 불어오는 바람처럼 그

것이 거기 있다는 걸, 추위나 더위처럼 변화한다는 사실을 분명하게 느낄 수 있었다.

지소가 마리에게 건넸던 장검이 아무것도 없었던 허공에서 나타났던 원리도 금방 파악했다.

지소는 무에서 유를 창조한 게 아니었다. 하얀색 자루가 달린 장검은 원래부터 그곳에 있었다. 그저 눈에 보이지 않았을 뿐이었다. 지소는 장검을 손 가까이에 띄운 후 햇빛을 바꿔 시야에서 사라지게 만들었다.

일라는 새삼 지소의 마법 실력에 감탄을 금치 못했다. 문헌에 의하면 빛을 다루는 마법은 매우 까다롭고 정교한 기술이었다.

비위군 중에도 마법을 다루는 이들이 있었다.

지소는 비위를 부활시켰을 때부터 마야를 가진 어린 소녀들을 발탁했다.

그중에서 의지력과 인내심이 뛰어난 집단을 다시 선별했고 최종적으로는 시험을 통과한 소수의 인원이 비위군이 되어 내전에서 일했다.

그들 대부분 마야가 미미했지만 몇몇은 상당한 마법을 발휘했다.

어리는 마법사에 비할 정도로 실력이 뛰어났다.

이태가 마법으로 다과의 맛을 바꿨던 것처럼 그녀는 시든 꽃에 생기를 불어넣는다거나 내전의 습기를 없앨 때 마법을 사용했다.

일라는 어리가 차를 우리면서 찻잎을 뜬 숟가락과 뜨거운 물이 담긴 찻주전자를 손가락 끝으로 톡톡 건드리는 것을 보았다. 손가락 끝에 감도는 그녀의 기는 차 맛을 변화시켰다.

위지는 홀로 검을 수련할 때 일순 검기를 조절하여 검날에 흐르도록 했다.

일라는 어리와 위지가 어떻게 마법을 구사하는지 분명하게 알 수 있었다.

그러나 정작 자신의 기는 느낄 수도, 운용할 수도 없었다. 그녀의 손에선 기가 나타나지 않았고 아무리 노력해도 사물의 기를 움직이거나 변화시키지 못했다.

기를 외부로 표출시키지 못한다면 일반인과 다를 게 없었다.

마야로 움직이는 외부의 기는 보이지 않는 또 다른 손이었다.

마야가 없는 사람도 기를 느낄 수 있었다.

지소의 말이 아니었다면 일라는 마야를 느끼는 감각

이 남들보다 조금 예민할 뿐 자신에겐 마야가 없다고 판단했을 것이다.

일라는 여름 내내 서궁 운한각을 들락거리며 자신의 기가 외부로 나타나지 않는 이유가 무엇인지 골몰했다.

운한각은 소본에서 가장 큰 도서관이었다.

운한각 본관인 성문원 마당에는 넓은 사각 연못인 연담지와 연못 주변을 따라 담으로 연결된 네 개의 건물이 있었다.

본관 외에도 용도가 다른 부속 건물이 여러 채 있는데 그중 주합루는 역대 여왕의 친필과 시문, 개인 서책을 보관하는 곳이었다.

내리쬐는 햇빛으로 한낮의 기온이 올라갔다.

일라와 마리는 주합루 2층, 난간이 있는 툇마루로 옮긴 책상 위에 서책과 두루마리를 잔뜩 쌓아놓고 마주 앉았다.

마리는 동대륙 경제와 지리에 관한 최신 정보를 탐독했고 일라는 여왕의 개인 기록을 뒤적이는 중이었다.

마리도 마법이 동대륙의 군사 과학에 어떻게 적용되는지 공부했지만, 마야를 지니지 않아서인지 마야에는 깊은 관심을 두지 않았다.

호아와 마찬가지로 그 시간에 다른 수련을 하는 편이 낫다고 여기는 듯했다.

집중력을 잃지 않고 서류를 검토하는 마리와 달리 일라는 주합루 앞 울창한 나무로 둘러싸인 연못으로 자꾸 시선을 빼앗겼다.

내내 앉아있느라 목덜미와 어깨가 뻐근했다. 오후에 자수정 동굴에서 다시 호아와 대련할 생각을 하니 벌써 풀이 죽었다.

연못의 수면 위 둥근 쟁반처럼 늘어선 푸른 이파리 사이로 보랏빛 수련 한 송이가 활짝 피었다.

일라는 계절보다 이르게 피어난 수련꽃을 몽롱하게 바라보다가 마리가 눈치를 주자 느릿느릿 붉은색 두루마리 안에 끼워진 두껍고 단단한 종이를 펼쳐 눈으로 읽어내려갔다.

'…여왕의 강력한 마야는 타고난 재능이 아닙니다. 여왕의 혈통이라고 평민보다 우월하진 않습니다. 마야가 미미하거나 아예 발현되지 않았던 이가 왕위에 올랐던 적도 있었습니다. 소본 왕가에 대대로 전해 내려오는

보물의 힘이 마야를 각성시켜 주었기 때문입니다.'

순간 정신이 번쩍 든 일라는 종이에서 눈을 떼지 못했다.

"마리, 이것 좀 봐!"

일라는 황급히 마리에게 종이를 보여주었다.

종이를 받아든 마리는 적혀 있는 글을 꼼꼼하게 읽은 다음 고개를 들었다.

"여왕 폐하의 마야가 타고난 게 아니라니, 처음 듣는 소리입니다. 게다가 마야의 재능이 평민과 다를 바 없다니요."

마리는 믿을 수 없다는 듯 일라에게 물었다.

"이 두루마리를 대체 어디서 가져오셨어요?"

"1층 서고에서 가져왔는데."

마리가 재차 물었다.

"서고요? 금서 구역을 말씀하시는 거예요?"

"응."

일라와 마리는 곧장 금서 구역으로 향했다.

주합루 1층은 돌과 흙으로 사방을 막은 벽이 튼튼했고 서로 다른 크기의 창문이 위아래로 뚫려있었다. 손바닥도 통과하지 못하는 촘촘한 세로 창살 사이로 커다란 책장이 정렬된 내부가 얼핏 보였다.

이런 형태의 건물은 본관 성문원을 비롯해 많은 장서를 보관해야 하는 전각의 특징이었다.

툇마루와 이어져 비교적 자유롭게 오가는 2층과 달리 주합루 1층 입구에는 서책과 문서를 관리하는 사관이 자리를 지켰다.

최근 운한각 사관들은 서책을 필사하느라 여념이 없었는데 주합루 사관도 일라가 오는 시간이면 근처 건물로 자리를 피해 필사를 계속했다.

필사본들은 모두 은궁 현암관으로 옮겨질 예정이었다.

발이 내려진 금서실 앞에 출입을 제한하는 붉은 표식이 붙어있었다. 육조의 대가 이상 신분만 드나들 수 있음을 명시한 표식이었다.

일라는 태어나면서부터 공주 작위를 받았다. 다만 정식으로 이름을 부여받지 못했는데 이는 소본의 역사를 통틀어 전무후무한 일이었다.

아르에 기거하는 함달은 삼관의 성화에 못 이겨 법률 절차에 관한 몇 가지 교지를 서신으로 보낸 적이 있지만, 일라의 작위에 대해서는 따로 언급하지 않았다.

덕분에 일라에게는 진짜 이름 외에 다른 이름이 없었고 궁인들은 그녀를 공주가 아닌 왕녀라고 불렀다.

어쨌든 공주는 삼관보다 위였다.

신분으로만 따지자면 수정궁에서, 아니 함달이 부재한 소본에서 일라를 넘어서는 이는 없었다.

금서실은 외부에서 바라보는 주합루의 아담한 외관보다 두세 배 넓어 보였다. 한눈에 봐도 마법으로 넓힌 것이 분명했다.

금서실 내부는 중앙을 따라 끝없이 늘어선 나무 책장이 공간을 좌우로 나누고 있었다. 좌우로는 중앙 책장과 직각을 이룬 짧은 책장들이 나란하게 놓였다.

바닥에서 한 자 정도 단을 올린 높고 튼튼한 나무 책장마다 비단 두루마리와 닥나무 껍질로 만든 종이들, 표지에 자물쇠를 채운 두꺼운 서책들이 비치되어 있었다.

일라와 마리는 며칠 동안 금서실에 눌러앉아 왕실 가보에 관한 기록을 찾았다. 두 사람은 짧은 책장 사이, 햇살이 들어오는 나무 바닥에 좌탁을 두고 앉아 어지럽게 쌓인 서책들을 살폈다.

마리가 두루마리 안에 들어있던 의문의 종이를 펼치고는 글씨 끝 날인 부분을 가리키면서 말했다.

"신후 여왕의 친필 서신입니다."

61대 신후 여왕은 즉위 8년 만에 왕위를 양위했던 폐군주였다.

"서신이 쓰인 시기를 살펴보니 양위 1년 전이었고, 신후 여왕께서는 누군가에게 자신의 정당성을 피력하셨어요. 자세한 사정을 알 순 없지만, 당시 내부적으로 갈등이 있었던 모양입니다."

"이듬해 안후 여왕께서 보위에 오르셨어. 분명 마야가 문제가 된 거야. 그렇다면 외할머니는 친자매를 내치고 여왕이 되신 걸까? 안후 여왕의 마야는 역대 여왕 중에서도 손에 꼽을 정도로 강력했다고 학사가 말했잖아."

마리는 고개를 끄덕였다.

"그런 것 같아요. 신후 여왕께서는 일반인과 거의 차이가 없을 정도로 마야가 미미했다고 해요. 그런데도 왕위에 오를 수 있었던 걸 보면 편지에 쓰인 대로 왕실 보물의 힘을 빌렸는지도 모르겠어요. 하지만 결국 폐위되셨으니 진위를 알 수 없어요."

마리가 다시 얇은 서책 하나를 집어 들었다.

"동례국에서 온 역관의 여행기입니다. 동대륙 공통어
로 쓰여 수월하게 읽을 수 있었어요. 그는 짧은 기간 소
본에 머물면서 자신의 경험을 상세한 기록으로 남겼는
데 고국으로 돌아갈 때 이것들을 모두 두고 가야 했어
요."

일라는 마리가 발견한 기록을 읽어 내려갔다.

'북방의 숨겨진 나라, 소본은 아름답고 신비로운 곳이
다.

이 땅을 통치하는 여왕에게는 설명할 수 없는 놀라운
능력이 있다.

그것은 마야라고 불리는 기이한 힘이다. 대대손손 전해
지는 여왕의 마야는 거대한 수정 호수의 선물이라고 전
해진다.

(중략)

세상에 글자가 생겨나기 전, 호숫가에 별이 떨어졌다.

땅에 떨어진 별은 다시 밤하늘로 올라가려고 했다.

그때 인간 소녀가 나타나 별을 보았다.

인간을 알지 못했던 별은 그만 소녀를 잡아먹었다.

그 모습을 본 호수는 별을 땅에 묶어 놓았고 대신 소녀를 밤하늘로 올려보냈다.

갈 곳을 잃어버린 별은 크게 슬퍼하면서 인간처럼 살다가 인간처럼 죽었다.

죽음을 맞기 전, 별은 어느 눈먼 소녀에게 자신의 눈을 내어 주었다.

숨을 거둔 별은 형체도 없이 사라져 남은 건 오직 붉고 푸른 눈동자뿐.

별의 눈은 소녀의 딸에게, 또 그 딸의 딸에게 전해졌다. 별을 묶어둔 호수의 힘과 함께.'

마리가 말했다.

"소본에는 호수와 별에 대한 전설이나 동화가 여럿 있어요. 조금씩 다르긴 하지만 하나같이 별이 호수로 떨어졌다는 내용이 포함되죠. 정말로 아주 오랜 옛날에 별똥별이 수정 호수에 떨어졌는지도 몰라요."

"지소부인도 여왕의 마야가 호수의 선물이라고 말했었어. 여기 쓰여진 것처럼 말이야. 혹시 호수에 떨어진 별 때문에 마야가 생긴 건 아닐까? '별의 눈'에는 호수의 힘이 담겨있다고 하니 말이야. 그래서 '별의 눈'을 가진 소녀가 훗날 여왕이 된 게 아닐까?"

"그럴 수도 있어요. 하지만 건국 신화에 의하면 소본의 여왕은 하늘에서 내려온 별의 여신이었어요. 그래서 여왕 폐하의 능력을 신의 마법이라고 칭하는 거고요. 그런데 알고 보니 여왕 폐하가 평범한 인간 소녀였다면 건국 신화는 영 틀린 이야기가 되겠죠. 여왕의 정통성에 문제가 생길 수도 있어요. 이걸 금서 조치한 이유를 알 것 같아요."

"동례국 역관은 어디에서 이런 이야기를 들은 걸까? 그는 소본성 민가에서 한 달을 머물면서 성 밖으로는 나갔던 적이 없다고 해."

"그렇다면 이곳 소본성에서 전해 내려오는 이야기라는 거군요."

"그 별의 눈이란 게 대체 뭐지? 마야를 각성시키는 왕실 보물이 바로 별의 눈인가?"

"전설과 민담에는 모호한 은유가 많아서 정확한 실체를 알긴 어렵지만…"

마리는 잠시 말을 끊고 화첩 형태로 접힌 커다란 그림을 꺼내 탁자에 펼쳐놓았다.

"이 지도에 이상한 표시가 하나 있어요."

비단과 종이로 만든 화포에는 운한각 건물들이 상세하게 그려져 있었다.

"이건 수정궁이 지어졌을 당시 화원들이 그린 궐도에요. 수정궁의 궁궐과 전각이 그려져 있는데 건물의 명칭은 물론 담장과 다리, 연꽃 조경까지 상세하게 기록했어요."

마리가 손가락 끝으로 운한각 본관을 짚었다.

"성문원이에요. 연답지도 그려져 있어요. 그런데 성문원이라는 글씨 옆에 광성창원, 빛나는 별이 있는 창고라고 쓰여있어요. 이름만 있을 뿐, 궐도에는 광성창원이 그려져 있지 않아요."

"빛나는 별을 보관하는 창고? 빛나는 별! 별의 눈이로구나! 별의 눈이 바로 마야를 각성시키는 왕실 보물인 게 틀림없어! 광성창원에 별의 눈이 있는 거야."

"처음에는 광성창원이 성문원의 다른 이름이 아닐까 싶었어요. 나란히 쓰인 걸 보면 별칭인지도 모른다고 생각했죠. 그런데 여기 운한각 전각 목록을 보시면 번호가 매겨져 있어요. 1번이 성문원이고 2번이 바로 광성창원이죠. 같은 건물이라면 이렇게 따로 번호를 매겼을 리가 없어요."

"그렇구나! 그림에 빠진 건물은 없었어?"

"궐도는 수정궁과 서궁의 괴석 하나 빠뜨리지 않고 정밀하게 그려졌어요. 건물과 정원수까지 실제와 일치합니다."

"그럼 운한각 어느 건물이 광성창원인 걸까?"

"저도 모르겠어요. 아무래도 밀우 학사님께 물어봐야 하지 않을까 싶은데요."

밀우는 지난겨울 내내 계속되었던 수업을 마무리하고 운한각으로 돌아갔다. 그도 은궁 현문관으로 이송할 서책을 정리하느라 바쁜 나날을 보내는 듯했다.

"금서실의 문서와 서책은 대학사도 열람할 수 없어. 설령 안다 해도 말해주지 않을걸. 문제가 될 수 있으니까."

일라는 한동안 생각에 잠겼다가 입을 열었다.

"말해줄 만한 사람이 생각났어."

일라는 마리와 함께 지소의 집무실로 내달려 갔다.

지소의 처소는 장향전과 담을 하나 둔 경춘헌이었다. 계단 없이 댓돌만 둔 소박한 경춘헌은 행랑채가 연결된 궁담을 두르고 있어 내전 여관의 숙소와 실질적으로 같은 공간이었다.

경춘헌 안으로 들어간 일라는 책상 앞에 앉아 사무에 골몰하는 지소를 보자마자 입을 열었다.

"지소부인, 별의 눈에 대해 알고 있나요?"

손가락으로 이마를 짚고 명부를 들여다보던 지소가 고개를 들었다. 갑작스러운 일라의 방문에도 당황한 기색이 없었다.

"운한각 광성창원에 보관된 보물 말이에요."

일라가 재차 묻자 지소가 반문했다.

"왕녀님, 별의 눈이 무엇인지 아십니까?"

"마야를 각성시키는 왕실 가보죠."

지소는 말없이 책상 위에 놓인 두루마리들을 정리하면서 맞은편 선 일라에게 상석을 내주기 위해 일어났다.

"왕녀님, 대체 누구에게서 그런 말을 들으셨습니까?"

지소가 얼굴을 찌푸렸다. 마흔을 넘긴 지소의 얼굴은 여전히 젊어 보였지만 눈가에 서린 피곤이 조금씩 짙어지고 있었다.

"신후 여왕의 서신에서 읽었어요."

지소는 일라가 내민 붉은색 비단 두루마리를 펼쳐 서

신을 짧게 훑어본 다음 말했다.

"주합루 금서실에 들어가셨군요."

"그래요."

"서신에 언급된 왕실 보물은 아마도 '찬능의 수정'이라고 불리는 자수정일 겁니다. 평범한 자수정이 아니라 신비한 힘을 가진 보석이라고 들었습니다. 학자들은 그 수정이 마야의 원천일 거라고 짐작하지요. 소본의 초대 여왕이셨던 미루 여왕께서 붕어하시기 직전에 찬능의 수정을 가진 자가 곧 소본의 군주라고 선포하셨으니까요. 우리 소본에서는 옥새와 같은 역할을 하는 여왕의 증좌입니다."

"찬능의 수정?"

이라는 흥분을 감추지 못하자 지소가 엄한 목소리로 못을 박았다.

"왕녀님, 찬능의 수정을 찾아 그것으로 마법을 부리실 요량이라면 그만두십시오. 찬능의 수정은 이미 사라졌고 누구도 행방을 알지 못합니다."

지소가 이어 말했다.

"여왕 폐하의 마야를 강력하게 만드는 왕실 보물이 존재했다는 건 사실입니다. 하지만 광성창원의 위치는 물론 찬능의 수정이 어떻게 마야를 증폭시켰는지, 아니 찬능의 수정이 어떻게 생겼는지조차 여왕 폐하 외엔 아무도 모릅니다."

소본의 여왕은 자신이 숨을 거두고 하늘의 별로 돌아가는 날짜를 알 수 있었다. 여왕은 붕어 사흘 전에 찬능의 수정을 빛나는 별의 창고에 돌려놓았다.

여왕의 붕어까지 사흘 동안 모든 궁궐에는 금족령이 내려진다. 궁궐 대문이 닫히고 궁인들도 처소 밖으로 나올 수 없다. 밤에도 불을 켜지 못한다.

비위대가 궁궐을 둘러싼 상태에서 오직 선택된 소수의 비위 장군이 어둠 속에서 달빛에 의지해 여왕의 곁을 지켰다.

그 기간에 왕세녀는 빛나는 별의 창고로 들어가 찬능의 수정을 물려받았다.

천년이 넘는 시간 동안 이 모든 과정은 철저하게 비밀에 부쳐졌다.

궁중에서는 빛나는 별의 창고와 찬능의 수정에 대해 공식적인 기록을 남기는 것은 물론 사사로이 입에 담는 것조차 꺼렸다.

"안후 여왕께서 여왕제를 폐지하셨다는 건 찬능의 수

정 또한 봉하셨다는 뜻입니다. 광성창원은 여왕 폐하의 붕어와 함께 닫혔습니다. 여왕 폐하께서 친히 찬능의 수정을 영원히 봉인하겠다고 말씀하셨으니까요. 실제로 광성창원의 문은 지난 수십 년 동안 한 번도 열리지 않았습니다."

"그러니까 그 말은 지금 찬능의 수정이 광성창원에 보관되어 있다는 뜻이군요?"

지소가 대답 대신 날카롭게 따져 물었다.

"왕녀님, 마법 수련은 어떻게 되어가는 중입니까? 지난번에 제가 숙제를 내드렸는데요. 금기를 수기로 바꿔 동굴 속 자수정 표면에 이슬이 맺히도록 하는 간단한 마법 말입니다. 벌써 한 달 전에 드린 숙제입니다."

일라가 제대로 대꾸하지 못하고 머뭇거리자, 지소가 쏟아내듯 말했다.

"설마 잊으신 건 아니겠지요? 분명 왕녀님께선 열여섯 번째 탄생일이 돌아오기 전까지 마법을 다루시겠다고 약속하셨습니다. 그럴 수 없다면 다시 탕약을 복용하시겠다고요. 지금처럼 수정의 힘을 빌려 손쉽게 마법을 부리겠다는 안일한 생각만 하신다면 이제부터라도 당장 탕약을…."

"그만 나가볼 테니 지소부인께선 하던 일을 마저 하
세요."

일라는 지소가 말을 끝내기도 전에 황급히 경춘헌을
빠져나왔다. 어물거렸다간 괜히 잔소리나 들을 게 뻔했
다.

일라와 마리는 내전 구역을 지나 정자와 돌다리가 있는
후원을 따라 걸었다. 고즈넉한 길 위로 나무 흔들리는
소리가 무성했다.

마리가 말했다.

"왕녀님, 상시님 말처럼 찬능의 수정을 찾기보다는
수련에 매진하시는 편이 나을 것 같아요."

"그래야겠지."

일라는 힘없이 대꾸했다. 마리가 덧붙였다.

"찬능의 수정에 대한 단서를 계속 찾아보겠습니다.
특히 여왕 폐하가 붕어하시고 소본이 제후국이 되기까
지, 그 시기에 일어난 일들을 상세하게 알아볼게요. 지
난겨울 왕녀님과 함께 수업받았을 때 밀우 학사께서 그
시기에 대한 언급을 피하신다는 느낌을 받았어요."

일라가 고개를 끄덕였다. 소본 내부에서 벌어졌던 정

치 비사보다 마야를 각성시킨다는 수정의 행방이 더 궁금했지만, 수정을 찾을 가망성은 크지 않았고 최근의 소본사를 알아보는 것도 나쁘지 않을 것 같았다.

"이제 수련장으로 가셔야죠."

"응, 주합루에 들러서 가자. 이걸 금서실에 돌려놓아야 하니까."

일라는 손에 든 붉은 두루마리를 보여주었다.

주합루에 도착한 두 사람은 연못 옆을 지나 1층 입구로 향했다.

문득 일라가 걸음을 멈춰 섰다.

그녀는 주합루 연못 쪽으로 몸을 돌리곤 수면 위 수련 꽃을 한참 바라보았다. 마리가 일라의 시선을 따라 연못과 멀리 주변을 살폈다.

일라는 팔을 들어 손가락으로 수련꽃을 가리켰다.

"저기 연못에 핀 수련, 마법이야."

그녀는 수련에 눈을 고정한 채 말을 이었다.

"저런 마법은 처음 봐. 어의가 말했던 본질을 바꾸는 진정한 마야의 힘이야. 도대체 누구의 마법일까? 하마터면 못 알아볼 뻔했어. 정말 놀라워."

"네?"

마리는 영문을 몰라 되물었다.

"저 수련은 매년 저런 형태로만 잎사귀가 나고 저 자리에서만 꽃이 피도록 만들어졌어. 원래부터 그랬을 리 없지. 생명이란 사람이 정해놓은 대로 자라나는 게 아니니까. 누군가 마법으로 주합루 연못에 핀 수련의 본질을 바꿔버린 거야."

"정말인가요? 사실이라면 놀라운 일인데요."

"사람이 개입해서 식물을 인공적으로 변화시키다니 어떻게 한 걸까? 또 얼마나 오래되었을까? 아무리 봐도 모르겠어."

마라가 수련꽃 위로 햇살이 반짝거리는 모습을 주의 깊게 보다가 입을 열었다.

"왕녀님, 궐도로 확인해 보는 게 좋겠어요."

일라와 마리는 금서실로 돌아와 다시 궐도를 펼쳤다.

"왕녀님 말씀대로예요. 궐도에 그려진 주합루 연못의 수련이 지금과 똑같은 형태입니다."

두 사람은 얼굴을 마주 보았다.

주합루 금서실에 보관된 궐도는 수정궁이 지어질 당시 그려졌다. 연못의 수련을 바꾼 마법은 최소 육백 년이 넘은 오래된 기술이었다.

일라는 마법 수련도 미루고 무슨 단서라도 찾을 수 있을까, 또다시 금서실을 뒤졌다.

"세상에 우연이란 없어. 분명 마법으로 수련을 바꾼 이유가 있을 거야. 도대체 수련꽃에 숨겨진 의미가 뭘까? 딱 한 송이밖에 피지 않은 것도 이상해. 마리, 생각해 봐. 만약 너라면 무슨 목적으로 수련을 똑같은 형태로 고정했을까?"

"글쎄요. 장난이라고 하기엔 너무 높은 경지의 마법이라서 짐작할 수 없어요. 저 같으면 어떤 의미를 부여하려고 그랬을 것 같은데요."

"그래! 저 수련꽃은 일종의 기록이야. 어쩌면 광성창원 위치를 말해주는 단서일 수도 있어. 그런데 대체 뭘 의미하는지 도통 알 수가 없네."

일라는 미간을 찌푸리면서 입술을 깨물었다. 그런 일라를 보면서 마리가 말했다.

"제가 연못 주변을 한번 조사해 보겠습니다. 광성창원은 성문원 옆에 표시되어 있고 수련꽃은 본관이 아닌 주합루 연못에 피었기 때문에 연관성을 찾긴 어려워요. 꼭 광성창원의 단서라고 독단할 수도 없고요, 그래도 뭔가 특이한 점을 발견하면 보고드릴게요."

마리가 여기저기 늘어놓은 서책들을 정리하면서 잘라 말했다.

"왕녀님, 오늘처럼 수련을 함부로 건너뛰시면 안 됩니다. 듬성듬성한 수련은 의미가 없어요. 일단 찬능의 수정 생각일랑 접어두시고 내일부터는 변함없이 수련하세요."

"알았어."

일라가 대답했다.

다음날 마리는 내전 여관 몇 명을 이끌고 주합루 연못 일대를 조사하기 시작했다.

수련꽃과 수련잎을 잎사귀 하나 빠뜨리지 않고 모사한 다음, 운한각 곳곳의 지형과 대조했다. 수정궁 인근 지도를 놓고 멀리에서 살폈고 운한각 곳곳을 돌아다니면서 정원수 하나하나 가까이에서도 살폈다.

심지어 연못으로 들어가 진흙 아래까지 샅샅이 뒤졌다. 하지만 별다른 실마리를 찾진 못했다.

일라는 주합루 2층 툇마루 책상에 앉아 여왕의 서신과 기록을 훑어보면서 마리와 내전 여관들이 연못 주위를 분주하게 오가는 모습을 이따금 지켜보았다.

Ⅲ

일라가 마법 수련을 시작한 후 위지와 어리, 마리까지
단 세 사람뿐이었던 장향전에 수십 명의 여관이 드나들
기 시작했다. 모두 비위군이었다.

외방 여관도 열두 명으로 늘어났다. 그중 몇 명은 얼
굴과 이름까지 익혔다.

위지는 내전 여관 모두를 통솔했고 어리는 장향전을
드나드는 여관들을 관리했다. 마리는 일라 곁을 지키면
서 장향전 안팎을 점검했다. 아직 열다섯 살이었지만
그녀는 능숙하게 맡은 일을 해냈다.

불과 1년 만에 성장한 마리의 모습에 일라는 자랑스
럽고 든든한 한편 내심 긴장했다. 적어도 마리에게서
너무 뒤떨어지고 싶진 않았다.

일라는 마리의 충고대로 수련 시간을 지키려고 노력
했다. 아무리 연습해도 어설프기만 한 검술 대신 활쏘
기에 더 주력했다.

동굴 속 수련장 사대에 선 일라는 박달나무와 물소 뼈
로 만든 활을 비스듬하게 쥐고 활시위를 당겼다. 팽팽

하게 날아간 화살이 그대로 과녁 중앙에 꽂혔다.

아직 팔의 힘이 고르지 않았다. 복부와 하체의 근력도 부족했다. 그러나 활쏘기 시작하면서 일라는 마음을 가다듬을 수 있었다.

검술과 달리 일라의 궁술 실력은 연습할수록 늘었다. 그 사실이 일라에게 묘한 위안을 주었다. 조만간 빠르게 뛰거나 말을 타면서도 활을 쏠 수 있을 것이다.

붉은 깃털을 단 화살 다섯 발이 모두 과녁에 명중하자 일라는 기분이 좋았다.

'건방진 호아 녀석이 있었다면 실컷 자랑했을 텐데.'

아쉽게도 호아는 이제 막 내관 보조를 시작한 탓에 수련장에서 보내는 시간이 부쩍 줄었다.

소본에는 환관이 존재하지 않는다. 궁중에서 근무하는 내관은 하나같이 문무가 출중한 무사로 귀족 가문 출신이 적지 않았다. 호아는 몇 군데 궁중 부서를 돌면서 내관 업무를 배우는 중이었다.

날이 저물었고 횃불로 밝힌 동굴 내부에 길게 드리운 그림자가 자수정의 광채와 섞여 어지럽게 흔들렸다.

동굴 구석구석까지 기암괴석처럼 튀어나온 자수정의 광채가 희미하게 배어들었다.

동굴의 천장은 좁은 중앙으로 갈수록 바닥에서 멀어
졌다. 아득하게 높은 천장 끝이 짙은 검보라색 어둠 속
에 묻혀 보이지 않았다.

천장은 낮이면 햇빛으로 동굴 내부를 밝혔고, 밤이면
별처럼 반짝거리는 수많은 반딧불이를 품었다.

빛으로 물든 천장이 동굴 연못에 거울처럼 반사되어
고요한 대칭을 이뤘다. 이따금 자수정 표면에 맺힌 물
방울이 수면으로 떨어져 물기 가득한 동굴 속 공기를
흔들어 놓았다.

일라는 검은 연못으로 시선을 던졌다.

가장자리가 잘려 나간 거울 같은 수면에 반딧불이 비
췄다.

장향전으로 돌아온 일라는 침소에 들었다가 잠이 오
지 않아 문을 열고 툇마루로 나갔다.

외방을 지키던 여관 두 명이 소리 없이 일라 뒤를 따
랐다. 내전 여관들은 장향전 외방에서 낮과 밤, 반나절
씩 교대로 근무했다.

수정궁의 밤은 호수의 정기를 실은 바람이 숲을 통과
하는 소리와 야행성 포식자를 피해 조심스럽게 몸을 숨
긴 작은 동물들의 들리지 않는 숨소리와 무르익은 계절

의 냄새로 가득했다.

툇마루에 앉은 일라가 고개를 들어 달이 사라진 검은 하늘을 바라보았다.

밤의 장막 한가운데로 은하수가 무수한 별빛을 흩뿌리며 가로지르고 있었다. 너무나 멀고 아득해 보이는 별들이 쏟아지는 폭포수처럼 아름다운 색과 빛을 내뿜고 있었다.

언젠가 지금처럼 잠들지 못하는 여름밤, 창문을 열고 빛나는 별을 보았던 기억이 떠올랐다. 그 밤에 장향전 뒤뜰에서 느꼈던 의문의 기척이 무엇이었는지 여전히 궁금했다.

은은한 빛줄기로 둘러싸인 성운 속에 숨어있는 이름들이 맴돌았다.

운한은 은하수라는 뜻이었다.

주합은 시간과 공간이다.

빛나는 별의 창고, 합일된 우주, 별의 학문, 연꽃을 밟는 연못….

일라는 입을 벌리고 멍하니 있다가 갑자기 자리에서 벌떡 일어났다.

일라의 모습에 여관들은 어리둥절했다.

"마리를 불러줘요."

"네? 지금 자시가 넘었는데요?"

일라의 한마디에 마리가 장향전으로 건너왔다.

색이 짙은 바지를 입고 지소의 검을 들고 있었다. 늦은 시간이었지만 얼굴에 잠들었던 기색은 없었다.

장향전 앞뜰까지 나와 마리를 기다리던 일라는 여관들을 돌아보며 말했다.

"마리가 왔으니 이제 들어가 보도록 해요."

여관들은 마리와 일라에게 작은 조족등을 들려주곤 처소 안으로 돌아갔다.

"마리, 주합루로 가자."

마리는 아무것도 묻지 않고 조용히 일라를 따라 걸음을 옮겼다.

궁궐은 깊은 어둠에 파묻혔고 전각마다 놓인 화로에서 불빛이 타올라 가까스로 주변을 밝혔다.

일라는 주합루 연못 앞에 서서 등불을 껐다. 사방이 캄캄했다. 눈이 어둠에 익숙해질 때까지 기다렸다가 고개를 들어 하늘을 바라보았다.

"은하수야."

마리도 시선을 올려 밤하늘의 은하수를 보았다. 일라

가 이어 말했다.

"저기 연못의 수련잎을 봐. 잎들이 모여있는 모습이 은하수와 똑같아."

한참을 보던 마리가 말했다.

"연못의 수련잎들이 견우성과 직녀성을 포함해서 확실히 은하수처럼 보여요. 하지만 꼬리가 긴 타원은 여기저기에서 자주 보는 흔한 형태라 뭐라 말하긴 어렵네요. 연못의 수련이 지도라면 수련꽃은 분명 특정한 위치를 가리키는 중요한 지점일 텐데 은하수의 수련꽃 부분에는 이렇다 할 특징이 없어요."

"그래? 내가 너무 비약한 걸까? 하긴 이건 그냥 느낌일 뿐이니까."

순간 자신이 없어진 일라가 말꼬리를 흐렸다.

"아닙니다. 그렇진 않아요. 제가 궁궐 여기저기를 모두 조사했지만, 주합루 수련과 유사성을 가진 곳은 어디에도 없었어요. 지금으로선 은하수 모양이라는 왕녀님 말씀이 제일 근접한 것 같아요. 왜 은하수인지 짐작할 수 없지만요. 게다가 원래 수련꽃은 한밤중에 꽃송이를 열지 않아요. 그런데 저 수련꽃은 밤인데도 활짝 피어있어요. 도대체 무슨 일일까요?"

마리의 말처럼 수련꽃은 겹겹으로 싸인 꽃잎을 열고 대낮처럼 화사하게 피어있었다.

일라가 팔짱을 끼고 미간을 찌푸렸다.

"오늘 동굴에서 활쏘기 연습을 할 때 천장에서 빛나는 반딧불이 연못에 비춘 걸 봤어. 너무 또렷해서 화포에 그림을 그린 것 같았어. 마치 지도처럼 말이야. 별자리를 보는 것 같기도 했고. 그러다가 좀 전에 은하수를 바라보는데 어쩐지 주합루 연못의 수련이랑 비슷하다는 생각이 들었어. 지금 확인하니까 역시 은하수와 똑같아. 세세한 부분까지도 같아. 이게 그냥 우연일까?"

"왕녀님 말을 듣고 보니 우연은 아닌 것 같아요. 동굴 연못 위로 반딧불이 비쳤다고 하셨죠?"

"응. 거울처럼."

곰곰이 생각하던 마리가 입을 열었다.

"왕녀님, 은하수가 수면에 비출 법한 다른 연못을 확인하는 건 어떨까요?"

"다른 연못? 마리, 수정궁과 이곳 서궁에 연못이 몇 개나 있지?"

"모두 다섯 곳입니다. 운한각 연답지가 여기에서 가장 가까우니 일단 그곳으로 가볼까요?"

연답지는 연꽃을 밟는 연못이라는 뜻이다. 그런데 연답지에는 연꽃이 없었다.

수정궁과 서궁의 연못은 모두 네모반듯한 형태로, 가장자리에 돌을 쌓아 물을 채운 인공 연못이었다. 여름이면 심은 탐스러운 연꽃에서 은은한 꽃향기가 연못마다 피어났다.

단 한 곳, 수정궁과 서궁 연못 중에서도 가장 큰 주합루 연답지에는 아직 붓칠하지 않은 빈 화포처럼 식물과 꽃이 없었다.

과연 연답지의 검은 수면 위로 밤하늘의 은하수가 내려앉아 선명하게 빛나고 있었다. 수면에서 반짝거리는 별빛이 바로 연답지에 피는 꽃이었다.

일라가 탄성을 내질렀다.

꽃이 없는 연답지 중앙에 보랏빛 수련꽃이 피어있었다. 은하수 위에 핀 꽃은 주합루 연못의 수련꽃과 같은 위치였다.

"저길 봐! 은하수가 비춘 자리에 수련이 피었어. 낮에는 없던 꽃이야!"

수면을 바라보던 마리가 고개를 갸우뚱했다.

"왕녀님, 연못의 은하수가 아름답긴 하지만 수련꽃은

보이지 않아요."

"저기 있잖아! 은하수에 꽃이 핀 것처럼 말이야. 주합루 연못 수련꽃이 있던 바로 그 자리야. 마리 네 눈에는 보이지 않는 거니?"

"은하수뿐인걸요."

"마법이구나! 마야로 볼 수 있는 수련꽃이야!"

일라가 잠시 고심하다가 말했다.

"마리, 어리를 여기로 데리고 오자. 어리의 눈에도 보이는지 확인해야겠어."

내전 여관 중에서 확실하게 마야를 사용할 수 있는 이는 어리였다.

손잡이가 있는 큼직한 제등을 들고 온 어리의 얼굴에 졸음과 당혹스러움이 가득했다. 그녀는 수면 위에 비친 은하수로 한참 시선을 보냈다.

"잘 보이지 않아요. 무언가 있다는 건 알겠는데 저의 능력으로는 정확하게 파악되지 않아요. 제가 잠이 덜 깬 상태라서 그런지는 모르겠지만요."

"은하수 위에 보라색 수련꽃이 피어있잖아."

"어른거리는 보랏빛은 보여요. 하지만 그게 꽃인지, 아니면 그저 불빛인지 구분되지 않아요. 뭔가 이질적인 무엇이 있는 건 확실합니다."

어리가 새어 나오는 하품을 참으면서 몽롱한 표정으로 이어 말했다.

"왕녀님, 아무래도 왕녀님 눈에만 보이는 수련꽃인 것 같아요. 오늘은 이만 처소로 돌아가셨다가 내일 상시님께 여쭤보는 편이 낫지 않을까요?"

마리도 어리의 말에 망설이는 눈치였다.

"안돼. 오늘처럼 달이 없는 밤이 또 오길 기다릴 순 없어. 수련은 여름날 잠깐만 피는 꽃이야. 그러다가 주합루 수련이 시들고 연답지의 수련까지 사라질지도 몰라."

일라가 곤란한 얼굴로 한참 입술을 깨물더니 두 사람이 말릴 겨를도 없이 첨벙 연못으로 뛰어들었다.

연못물이 일라의 가슴 위까지 올랐다. 연답지의 수심은 성인 여자의 키를 넘지 않았다.

"왕녀님!"

어리가 졸음이 싹 달아난 얼굴로 기겁하면서 소리쳤다. 마리는 주저하지 않고 일라를 따라 연못으로 들어갔다.

"왕녀님, 지금 뭐 하시는 거예요? 마리, 얼른 왕녀님을 모시고 나와!"

어리가 발을 동동 굴렀지만 일라는 아랑곳하지 않고 수련꽃을 향해 걸어갔다. 그녀는 뒤따라오는 마리에게 숨 가쁘게 말했다.

"연꽃을 밟는 연못이라고 했잖아. 한번 밟아 보자고."

일라의 목 아래에서 연못물이 찰랑거렸다.

안절부절못하던 어리는 망설이다 두 팔을 머리 위로 높이 치켜들어 제등을 밝히더니 살살 발끝부터 물에 담갔다.

일렁이는 수면 위에서 수련꽃이 꼼짝도 하지 않은 채 곧 사라질 듯 약한 빛을 발했다.

앞으로 내디딘 일라의 오른발이 한순간 아래로 쑥 꺼졌다. 일라의 몸이 순식간에 물속으로 빨려 들어가더니 빠르게 가라앉기 시작했다.

물의 온도가 갑작스럽게 차가워졌다. 으스스한 냉기가 몸을 관통하며 전신을 휘감았다. 억지로 눈을 뜨고 발버둥 쳤지만, 무거운 바위를 매단 것처럼 수면과 멀어져 점점 더 깊은 곳으로 내려갔다.

위를 바라보자 마리와 어리가 일라를 향해 다급하게 자맥질하는 모습이 보였다.

일라는 두 사람과 함께 따라온 밝은 불빛을 보곤 흠칫 놀라 유심히 살펴보았다. 그러다가 살짝 숨을 들이마셨다.

놀랍게도 숨 쉴 수 있었다.

이번에는 크게 숨을 들이마시고 내쉬었다.

마리와 어리가 팔다리를 저어 일라 가까이 다가왔다. 두 사람은 볼을 부풀려 억지로 숨을 참고 있었다. 작은 기포가 코와 입에서 부글거리며 올라왔다.

일라가 말했다.

"괜찮아. 숨 쉴 수 있어!"

일라의 목소리가 먼 산에서 되돌아오는 메아리처럼 울렸다.

"봐봐. 등불이 꺼지지 않고 그대로잖아."

일라는 어리가 미처 손에서 놓지 못한 제등을 가리켰다. 등 안쪽으로 초가 타올라 캄캄한 물속을 밝혀주었다.

일라의 말에 두 사람은 눈을 동그랗게 뜨고 촛불을 바라보다가 천천히 숨을 쉬기 시작했다.

"물속에서 숨을 쉴 수 있다니 신기하네요!"

어리가 제등을 높이 들고 주변을 살펴보았다.

수압 때문에 지상에서처럼 빠르게 움직이기 어려웠다. 어리의 긴 머리카락이 물결을 따라 사방으로 부유했다.

"발이 바닥에 닿지 않아. 위로 올라가지도 못해. 숨쉴 수 있으니까 내려가는 게 좋겠어."

무언가 당기는 힘에 이끌려 세 사람은 더 깊은 곳으로 천천히 가라앉았다.

마리가 일라의 팔을 단단히 잡았다. 동시에 어리와도 떨어지지 않도록 가깝게 간격을 유지했다.

마리가 말했다.

"조심하세요. 사방이 급류입니다. 우리가 있는 곳만 잔잔한 것 같아요. 이곳에서 벗어나지 않도록 주의하세요."

등불이 그들을 둘러싼 물길을 비췄다. 급류에 휩싸인 작은 물고기들과 어딘가에서 떨어져 나온 해초와 잔해들이 빠르게 지나갔다.

일라는 급류의 중심에서 일직선으로 빠르게 하강할 수 있도록 움직임을 줄이고 몸을 곧게 유지했다.

"연못에 이렇게 깊은 구멍이 있다니, 대체 어디로 이어지는 걸까?"

"여긴 연못이 아닙니다. 수정 호수 속이에요."

어리가 이어 말했다.

"수정 호수에만 사는 물고기와 해초 줄기가 보여요. 우린 수정 호수 물속 어딘가에 있는 것 같아요. 수정 호수는 바다만큼 깊습니다. 수심이 얼마나 되는지 아무도 모르죠. 사람이 견딜 수 있는 지점 밑으로는 내려갈 수 없으니까요."

어리는 눈빛부터 달라져 경계를 늦추지 않았다. 역시 비위군 상급 무사다웠다. 일행은 발밑과 주변을 끊임없이 살폈다.

호수 바닥은 끝이 보이지 않았다.

급류 너머에서 검은 물체가 조금씩 가까워지는 것이 보였다.

일라는 눈에 들어오는 물체를 더 자세하게 보려고 눈을 가늘게 떴다.

미지의 물체는 이내 형태를 갖춰 빠르게 다가오더니 급류에 휩싸여 일행 주위를 빙그르르 돌다가 불쑥 중심으로 밀려 들어왔다.

눈앞에서 물체와 마주한 일라는 그만 비명을 지르고 말았다. 그건 얼굴과 사지가 심하게 훼손된 사람이었다.

마리가 순식간에 장검을 빼 들고 일라 앞으로 나섰다.

한때 생명을 가지고 있었던 사람의 형태가 마리의 칼끝에서 축 늘어져 속절없이 흔들렸다. 그는 군복을 입고 붉은 두건을 두르고 있었다.

"아맥의 군인입니다."

마리가 칼끝으로 시체를 중심 밖으로 밀어내면서 말했다.

"태자 전하의 붉은 부대 소속 같습니다."

누한은 지난해 수정궁을 방문했다. 일라는 그가 군대의 식수를 마련하기 위해 호수를 조사했다는 사실을 떠올렸다.

"벌써 1년이나 지난 시체란 말이야?"

무슨 일인지 그때 숨을 거둔, 조금씩 부패해 가는 송장과 마주치다니 속이 울렁거렸다.

"아니요. 그보다 더 오래된 것들도 보이네요."

어리가 제등의 불빛을 멀리 던졌다.

급류가 급속하게 느려져 어느새 잔잔해진 주변으로 수많은 시신이 나뭇가지에 매달려 바람을 맞는 나뭇잎처럼 물길을 따라 이리저리 흔들리고 있었다. 그중에는 이미 백골이 되어 너덜너덜해진 천 조각을 걸친 것도 있었다.

일라의 얼굴이 공포로 새하얗게 질렸다.

눈을 질끈 감고 조금이라도 빨리 하강하려고 몸을 바로 세웠다.

백골의 묘지를 지나 한참을 내려갔을 때 발밑에서부터 약한 빛이 뿜어져 나오기 시작했다.

사방이 환해지면서 드디어 호수 바닥이 모습을 드러냈다.

일라와 마리, 어리는 넓적한 돌로 반듯하게 쌓은 담이 둘러싼 넓은 사각 마당 위에 차례로 발을 딛었다.

수북하게 쌓인 모래가 부드럽게 솟아올라 발 주위를 연기처럼 감쌌다.

사각 마당 앞 성문원과 쌍둥이처럼 보이는 건물이 눈에 들어왔다.

"저것 봐! 성문원과 똑같이 생긴 전각이야. 그래서 궐도에 성문원과 광성창원이 나란히 적혀 있었던 거야!"

그들이 서 있는 사각 마당도 물이 아닌 모래로 채워졌다는 점을 제외하면 연답지와 똑같았다.

그들은 연못 수련이 피어있는 위치로 내려앉았다.

마리가 발을 옮기려는 일라를 막아서곤 먼저 앞으로 나아갔다. 마리의 저고리 자락과 머리카락이 물고기 지느러미처럼 흔들렸다.

이윽고 일행을 돌아본 마리가 고개를 끄떡였고 세 사람은 건물을 향해 다가갔다. 검을 단단히 앞세운 마리가 천천히 발을 옮겼다.

광성창원은 성문원처럼 직각으로 길게 지은 단층 건물이었다. 다만 단청의 모양과 색깔이 조금 달랐는데 화려한 성문원 단청과 달리 붉은색 문양으로 채워진 외관이 다소 불가사의하게 느껴졌다.

광성창원 안으로 들어섰다.

내부로 들어가자, 온몸을 감싸고 있던 물이 순식간에 사라졌다. 공기가 여전히 축축했지만, 머리카락이나 옷에 젖은 흔적은 없었다.

내부는 전돌이 깔린 넓은 공간이었다. 몇 개의 붉은 기둥이 세워져 있었고 가구는 일절 없었다.

천장 한가운데에 금박을 입힌 용이 새겨졌고 그 주위로 황금색과 붉은색, 초록색의 화려한 단청이 퍼져나갔다. 천장과 벽을 뒤덮은 정교한 장식들이 매우 아름다웠다.

별다른 치장 없이 여러 개의 작은 공간으로 나뉘어 책
장과 탁자가 즐비한 실용적인 성문원 내부와는 딴판이
었다.

세 사람의 시선이 곧장 정중앙에 놓인 웅장한 옥좌로
향했다.

사방으로 굵은 기둥을 세운 정사각형의 높은 단상 앞
쪽으로 계단이 있었고 그 위에 놓인 황금빛 옥좌에 커
다란 호랑이가 배를 대고 누워있었다.

소복하게 쌓인 눈처럼 무늬 없는 새하얀 털을 가진 호
랑이는 세 사람의 기척이 가늘게 눈을 떴다. 샛노란 눈
동자가 번뜩였다.

새하얀 호랑이는 천천히 몸을 일으켜 긴 옥좌에서 몸
을 떼고는 두껍고 넓은 발로 계단을 내려오기 시작했
다.

근육으로 꿈틀거리는 하얀 호랑이의 몸이 나무 계단
을 둔중하게 눌러 내렸다. 옥좌를 스칠 때마다 빳빳한
털이 강철비처럼 흔들리며 소름끼치는 소리를 냈다.

마리가 검을 들고 앞으로 나섰다.

어리도 제등을 내려놓고 손잡이 자루만 빼어내 언제
든 일격을 가할 준비를 했다.

일라는 팔을 들어 일행을 제지했다.

그녀는 일행 앞으로 한발 걸어 나와 빠르게 간격을 좁혀오는 하얀 호랑이 앞에 섰다. 모두 긴장을 늦추지 못했다.

하얀 호랑이는 이빨을 드러내며 무시무시한 소리를 내질렀다. 물기를 머문 공기가 사납게 흔들렸다.

"너희는 누구냐?"

그르렁거리는 울음소리와 함께 탁한 마찰음을 내며 하얀 호랑이가 물었다. 호랑이의 꼬리가 머리를 치켜든 뱀처럼 소리 없이 흔들렸다.

"나는 소본의 초대 국왕이신 준왕 전하와 경선 왕후의 딸, 일라다. 너는 누구냐?"

일라가 배에 힘을 주고 꼿꼿하게 말했다.

감정이 느껴지지 않는 하얀 호랑이의 차가운 눈동자가 일라에게 향했다.

"소녀여, 너는 무엇 연유로 이토록 깊은 이계에 발을 들였느냐?"

"찬능의 수정을 찾기 위해 이곳에 왔다."

"재미있는 말이구나. 별의 눈을 다룰 수 있는 사람은 오직 선택된 자뿐이다. 너는 별의 눈을 다루기에 합당한 인간인가?"

조소 어린 호랑이의 노란 눈이 마치 사람과 비슷하게 느껴져 공포를 불러일으켰다.

"나는 소본의 해씨다. 나의 어머니의 어머니는 안후 여왕이시고 그분의 어머니는 유현 여왕이시다."

"유현 여왕의 증손녀라. 그럼 너는 순타의 손녀로구나."

"그렇다."

"그렇다면 다시 묻겠다. 너는 누구냐?"

"나는 소본의 공주라고 이미 말했다."

"그건 너의 지위일 뿐이다. 너는 누구냐?"

"나는 해일라다."

"그건 너의 이름일 뿐이다. 너는 누구냐?"

예상치 못한 호랑이의 질문에 일라는 다시 빠르게 생각했다.

"나는, 찬능의 수정을 찾는 사람이다."

"그건 네가 하려는 일이지 네가 누구인지 설명하지 못한다. 너는 누구냐고 물었다. 대답하라."

"나는…, 열다섯 살의 소녀다."

일라의 목소리가 잦아들었다.

"그건 네가 이번 생을 살아온 시간의 숫자일 뿐이다. 너는 누구냐?"

일라는 곤혹스러운 표정으로 다시 대답했다.

"나는 과거를 잃어버리고 미래를 찾으려는 자다."

"그건 너의 처한 상황일 뿐이다. 너는 누구냐?"

"나는…, 그러니까 나는"

"자신이 누구인지도 모르는 자가 별의 눈을 다룰 수 있다고 생각하느냐? 너는 누구냐?"

"나는 목적을 가진 사람이다. 나는 이 나라와 나를 지키는 사람들을 위험에 빠뜨리고 싶지 않다. 더 강한 사람이 되어서 그들을 지켜주고 싶다. 그래서 찬능의 수정을 찾고 있다."

"지키고 싶다고? 네가 가진 것은 알량한 변명과 위선뿐이구나. 네 개인적인 욕심으로 별의 눈을 가질 수 있다고 믿는 것이야? 어리석고 무지한 소녀여. 너는 누구냐?"

"방금 네 입으로 말하지 않았느냐. 어리석고 무지한 소녀라고 말이다. 그러니 너의 질문에 나는 답을 했다."

일라는 입을 다물고 하얀 호랑이의 눈을 쏘아보았다.

"어리석고 무지한 소녀치고는 제법이구나. 하지만 그

저 어리석은 인간에게 별의 눈을 내어 줄 순 없다."

"내어 준다고? 너에게 그런 권한이 있다는 뜻이냐?"

"오직 나만이 선택된 자를 알아볼 수 있다. 그러니 이만 돌아가라. 소녀여. 나는 너를 알아봤고, 더는 말할 것이 없다."

"네가 찬능의 수정을 내어 줄 때까지 난 돌아가지 않겠다."

"고집을 피운다고 될 성싶으냐?"

"네 말대로 나는 어리석고 나약한 인간일 뿐이다. 사실 나는 내가 누구인지 모른다. 나는 기억을 잃어버렸다. 하지만 나에게는 책임이 있다는 걸 안다. 그 책임을 다하고 싶다. 그러니 첫눈처럼 새하얀 호랑이여, 내게 찬능의 수정을 다오."

"너의 책임이 무엇이냐?"

"왕녀로서 소본을…."

일라는 말끝을 잇지 못한 채 시선을 내렸다. 자신이 무슨 말을 해야 하는지, 무슨 말을 하고 싶은지, 책임의 의미가 무엇인지 진정으로 그것을 알고 있다고 차마 말할 수 없었다.

일라는 마리를 돌아보았다. 마리가 일라를 북돋는 변

함없는 눈빛을 보냈다.

어리가 말했던 것처럼 마리는 특별했다. 그녀는 이미 자신의 길을 알고 있었다.

일라는 특별하지 않았다. 선택된 사람일 리가 없었다.

하얀 호랑이가 묵묵하게 그녀의 대답을 기다렸다.

일라는 호랑이의 노란 눈을 다시 마주 보며 말했다.

"이 세상을 살아내야 한다는 책임이다."

광성창원을 감싼 물결이 일라의 얼굴에 일렁이는 그림자를 드리웠다.

"추위에 얼어붙어 떨어지는 작은 새조차 세상을 원망하지 않고 책임을 다하면서 죽는다. 나는 그것을 원하지도, 선택하지도 않았다. 그러나 그건 이미 나에게 주어졌다. 그것을 피할 수 없고 피하지도 않겠다. 나는 내가 누구인지, 또 무엇을 위해, 어떻게 살아야 하는지 알지 못한다. 하지만 내 앞에 주어진 길이 있다면 난 주저 없이 그 길을 가겠다. 내가 어리석고 한심한 인간이라고 해도 그 어리석음과 한심함을 짊어지고 어떻게든 가겠다. 그것을 온전하게 겪어내겠다."

"소본을 지키는 책임은 너에게 주어지지 않았다. 주변을 돌아보거라. 네가 이 땅을 지킬 거라 믿는 사람이

단 한 명이라도 있느냐? 소녀여, 너를 해치지 않을 테니 그만 돌아가라. 그리고 두 번 다시 이곳에 발을 들일 생각은 하지 말 거라."

"내가 누구인지 나 자신을 알게 되면, 내게 별의 눈을 다룰 자격이 생기는가?"

일라가 물었다.

"그럴 수도 있다. 하지만 너에게 다시 기회는 없을 것이다."

"너는 누구냐? 별의 눈을 지키는 신수냐? 아니면 나를 현혹하는 요물이냐? 너는 왜 별의 눈을 지키는 거지?"

"감히 내게 묻는 것이냐?"

"나는 너의 물음에 모두 대답했다. 그러니 너 또한 나의 질문에 답하라."

"너는 내가 두렵지 않은가?"

"네가 신이라고 해도 두렵지 않다."

"소녀여, 그 만용으로 이곳에 별이 눈이 있는지 한번 살펴보아라. 이곳에 네가 찾는 보물이 존재하는지, 존재한다면 어디에 숨겨져 있는지 찾아보아라."

"찾는다면 그걸 내어 줄 텐가?"

"너는 별의 눈을 알아볼 수조차 없구나."

하얀 호랑이는 웃는 듯 기괴한 울음소리를 냈다.

"물론 찾을 수 있다면 그것을 너에게 주겠다. 하지만 그럴 수 없을 것이다. 빛나는 별의 창고는 이미 비었다. 순타가 일곱 살이 되던 해 이곳으로 왔다. 그녀가 바로 선택된 자였지. 순타는 별의 눈과 함께 이곳에서 나갔고 그 후 누구도 이곳에 발을 들인 적이 없었다."

"안후 여왕께서는 이곳에 친히 찬능의 수정을 봉인하겠노라 말씀하셨다."

"순타는 다시 오지 않았다. 믿지 못하겠다면 이곳을 샅샅이 뒤져보아라. 급류에 휩쓸려 호수 어딘가로 떠내려갈지도 모르겠지만."

일라가 망설이자 마리가 목소리를 낮추고 말했다.

"왕녀님께서는 일단 여기서 벗어나시는 편이 좋겠습니다. 제가 위지 님과 함께 비위군을 이끌고 다시 이곳으로 내려오겠습니다."

마리의 말을 들은 하얀 호랑이가 잘라 말했다.

"이곳에 다시 오겠다고? 이곳에 수장된 시신의 숫자만 늘어나겠구나. 이곳은 여왕의 후손이라고 해도 함부로 들어올 수 없다. 오직 별의 눈을 가지러 온 자와 별

의 눈을 가지고 온 자만이 이곳에 닿을 수 있다. 소녀
여, 너는 별의 눈을 가지러 왔으니 별의 눈을 가지고 와
야만 다시 올 수 있을 것이다."

일라는 하얀 호랑이에게서 눈을 떼지 않은 채 일행에
게 말했다.

"찾아야 해. 지금이 아니면 안 돼."

"그럼 당장 찾아보도록 하죠."

어리는 말을 마치자마자 다시 제등을 들고 이곳저곳
을 밝혔다.

세 사람은 즉시 광성창원을 조사하기 시작했다.

장식의 무늬 하나 놓치지 않고 끈질기게 구석구석 뒤
졌지만, 찾을 수 있는 것은 없었다. 입술을 깨물고 굳은
표정을 한 일라에게 하얀 호랑이가 넌지시 말했다.

"유감스럽게도 이곳에는 별의 눈이 없다. 대신 나는
너희에게 진실을 보여줄 수 있다. 너희가 진정으로 알
기를 원하는 진실이 있다면 나는 그것을 보여주겠다."

"찬능의 수정이 지금 어디에 있는지 알 수 있다는 말
이냐?"

일라가 석연치 않다는 눈빛으로 물었다.

"네가 원하는 바가 진정 그것이라면 알게 될 것이다.

단, 그전에 한가지 약속하라."

"무슨 약속?"

"만약 네가 별의 눈을 차지한다면 반드시 하늘로 돌려보내겠다는 약속이다."

"약속한다."

일라의 대답에 하얀 호랑이는 다시 한번 커다랗게 울부짖었다. 귀청을 때리는 천둥 같은 호랑이의 울음소리가 광성창원을 요란하게 흔들어 댔다.

"너는 내게 약속했다."

하얀 호랑이가 내지르듯 소리쳤다.

사방이 어두워지면서 광성창원의 호화로운 장식들이 빠르게 해체되기 시작했다.

새의 깃털처럼 흩날리는 광성창원의 모습에 일라는 본능적으로 마리와 어리를 돌아보았다. 두 사람의 모습이 보이지 않았다. 폭풍이 치는 듯한 소용돌이 안에서 일라는 혈혈단신이었다.

일라 앞에 바위처럼 우뚝 선 하얀 호랑이의 새하얀 털이 조금씩 어둡게 바뀌어 갔다. 노란 눈동자에 어둠이 깃들었다.

호랑이가 나지막하게 입을 열었다.

"불쌍한 소녀여, 너는 결국 패배할 것이다."

호랑이의 털이 완전한 검정으로 탈바꿈하자 일라는 헉 숨을 들이마셨다.

그녀는 자신도 모르게 내뱉었다.

"…네가 소녀를 잡아먹은 별이로구나."

방금까지 새하얀 털을 가졌던 호랑이는 별도 달도 없는 밤처럼 무늬 없는 검은 호랑이가 되었다. 샛노랗게 빛났던 눈동자도 까맣게 변해 푸르고 붉게 빛났다.

호랑이의 눈동자가 일라의 마음에 서늘한 냉기를 전했다. 그 차가운 느낌이 내부 어딘가에 모습을 감추고 있던 수많은 삶과 죽음을 수면 위로 끄집어냈다. 그것은 열다섯 살의 생으로는 짊어질 수 없는 대를 뛰어넘는 삶과 죽음이었다.

모든 삶과 죽음에는 이름이 있었다. 그 이름들은 이제 세상에서 완전히 잊힌 것들이었다.

일라는 알 수 없는 공간으로 순식간에 이끌려 들어가 빛의 바다를 표류했다. 그곳에는 출렁거리는 빛 외에 아무것도 없었다. 빛들은 끊임없이 흔들리고 서로 부딪히다가 결합하고 다시 이탈했다. 일라의 시선 끝에서 빛은 별이 되었다. 이윽고 수많은 별이 모여 성단이 이루고 은하가 되었다. 그물처럼 물결치는 하나의 장이 또 다른 장으로 연결되어 끝없이 퍼져나갔다.

'그건 당신의 이름일 뿐입니다. 당신이 아닙니다.'

그 말을 누가 했을까? 일라는 생각했다.

그녀는 이내 빠르게 지나가는 수많은 은하와 그 사이를 공허하게 채우는 심연의 경계선을 넋을 잃고 바라보았다. 무한한 우주 같은 어둠 속에서 보석처럼 빛나는 눈동자가 떠오르자, 가슴 깊숙한 곳에 숨어 존재조차 알지 못했던 둔중한 고통이 수면으로 떠올랐다.

마음이 부서지는 것 같았다.

Ⅳ

검은 호랑이는 일라와 마리, 어리에게 각각 진실을 보여주었다. 하지만 일라는 그것이 과연 진실이었을까, 의심스러웠다. 세 사람이 마주한 진실의 모습은 서로 달랐다.

지상으로 돌아온 세 사람은 누구라도 할 것 없이 기력을 전부 소진해서 쉽게 입을 열지 못했다.

다음날 마리의 외방에 위지가 앉아있었다.

마리가 장향전에 모습을 보이지 않은 건 그날이 처음이었다.

마리는 온종일 지쳐있다가 다음날 겨우 기운을 회복했다.

어리는 사흘 동안 수련을 중단하고 쉬어야 했다.

일라는 침상에 누워 이불을 뒤집어쓰고 일주일 내내 꼼짝도 하지 않았다.

일라의 침상 끝으로 다가온 지소가 이불 속으로 들어가 얼굴을 내밀지 않는 일라를 한참 주시했다. 지난 일주일 동안 지소는 이따금 일라를 살피다가 돌아갔다. 그동안 마리는 내전 여관들과 함께 묵묵히 장향전 외방을 지켰다.

지소가 말했다.

"…왕녀님, 이제 탕약을 드시지요."

일라가 이불을 걷어내고 머리를 빼꼼히 내밀었다.

탕약 모반이 지소의 손에 들린 것을 본 그녀는 잠시 침묵하다가 입을 열었다.

"탕약을 먹겠어요."

지소는 말이 없었다.

일라가 이어 말했다.

"지소부인과 약속한 대로 열여섯 탄생일까지 마법을 다룰 수 없다면 탕약을 먹겠어요."

일라는 침상에서 일어나 자세를 고쳐 앉았다. 머리카락이 산만하게 흩어졌고 표정이 사라진 얼굴이 푸석했다.

"지소부인은 누구보다도 뛰어난 마야를 가졌어요. 아마 타고난 재능을 오랜 수련을 통해 갈고 닦았겠지요. 지소부인의 마야는 주로 빛과 대기에 관여해요. 물론 그 외 것도 수준 이상으로 다룰 수 있겠지만요. 아마도 기후를 관장하셨다는 선대 여왕 폐하의 마야와 비슷한 것 같아요. 내전에 걸린 마법은 비위군 몇 명의 마야에요. 그렇지만 내전의 공기만큼은 지소부인이 직접 다루고 있어요. 지소부인과 비교할 순 없지만, 어의와 어리의 마법도 뛰어나요. 두 사람 모두 평소에는 마법을 발휘하지 않아요. 지소부인처럼 마야를 완벽하게 감출 수 없기에 스스로 조절해서 자제하는 듯해요. 두 사람은 드러난 것보다 훨씬 높은 단계의 마야를 가지고 있어요. 특히 어의의 마법은 정교해요. 위지는 주변의 기를 이용해 물리적인 힘으로 사용할 수 있어요. 마법이 아니더라도 이미 뛰어난 무사라서 수련할 때엔 마야를 사용하지 않아요. 특히 대련할 때면 절대 사용하지 않죠."

일라가 이어 말했다.

"어의의 말에 의하면 기를 읽고 상대의 마야를 간파하는 것이야말로 마야를 타고났다는 증거라고 했어요. 또한 높은 마야를 가진 자는 낮은 자의 마야를 파악할 수 있다고 했어요. 그 반대의 경우는 무척 어렵다고요. 지소부인, 나는 사물의 기를 읽을 수 있어요. 위지의 마야도, 어리의 마야도 파악할 수 있어요. 하지만 내가 아무리 강력한 마야를 타고났다고 해도 오랜 수련을 거친 지소부인보다 높은 마야를 가질 순 없을 거예요. 그러니 말해주세요. 지소부인은 내가 가진 마야를 파악할 수 있나요?"

"아니오. 왕녀님의 마야는 저도 판단할 수 없습니다."

"비로소 알았어요. 내게 마야가 있다는 것을 알았을 때 지소부인이 얼마나 우려했을지 말이에요. 지소부인은 마야를 가진 아이들을 십수 년간 봐왔을 거예요. 하지만 나와 같은 경우를 단 한 번도 본 적 없었던 거예요. 나는 지소부인에게 있어서 예상할 수 없는 미지수였어요. 게다가 왕녀의 신분이었으니 지소부인이 얼마나 깊이 고민했을지 새삼 짐작할 수 있었어요."

일라가 침상에서 일어나 지소 앞에 서더니 그녀의 눈을 정면으로 바라보면서 물었다.

"지소부인, 나의 어머니를 살해한 사람이 나의 아버지 준왕 전하가 맞나요?"

외방을 지키던 마리가 바닥에 시선을 고정한 채 꼼짝도 하지 않았다.

"역시 그랬군요."

일라는 담담하게 고개를 끄덕였다. 지소가 입을 열었다. 지소는 놀라지도 당황하지도 않았지만, 그녀의 표정에서 그늘이 느껴졌다.

"왕녀님, 광성창원에서 일어난 일에 대해서는 대략적인 이야기를 들었습니다. 그런 일이 있었다니, 참으로 믿기 어려웠습니다. 광성창원의 흑호가 준왕 전하와 경선 왕후에 대한 진실을 보여주던가요?"

"찬능의 수정이 어디 있는지 알고 싶었는데 내가 진정 알고자 했던 진실은 그게 아니었나 봐요. 덕분에 찬능의 수정의 행방은 묘연해요. 이젠 단서조차 찾을 수 없게 되었어요. 광성창원의 문은 영영 닫혔어요. 아마 두 번 다시 들어가지 못할 거예요. 나에겐 찬능의 수정이 없으니까요. 그러니, 이젠 수련 외에는 정말 다른 길이 없어요. 그게 지금 내가 할 수 있는 전부인 것 같아요."

일라는 한결 가벼워진 얼굴로 말했다.

"지소부인, 내가 열여섯 살이 되면 탕약을 먹으면서 지소부인이 시키는 대로 뭐든 하겠어요. 그렇지만 아직은 더 노력해 보고 싶어요. 마법을 다루기 위해 어떻게든 할 수 있는 건 다 해보고 싶어요. 아맥으로 가면 지금과 완전히 다른 삶이 시작되겠죠. 아마 난 아무것도 할 수 없을 거예요. 그러니까 지금, 할 수 있을 때 후회가 남지 않도록 다 하겠어요. 그럴 수 있도록 해주세요."

지소는 대답 대신 일라에게로 다가와 엉망이 된 그녀의 머리카락과 옷매무새를 세밀하게 살폈다. 지소의 길고 여윈 손가락이 일라의 이마께에 흘러내린 머리카락을 집어 가지런히 넘겨주었다.

그녀는 일라를 바라보고 있었지만, 어딘가 더 먼 곳으로 시선을 보냈다.

이윽고 손을 뗀 지소가 한 발짝 뒤로 물러나 탕약이 놓인 모반을 마리에게 건네면서 입을 열었다.

평소와 다름없이 단정한 목소리였다.

"이 탕약은 어의께서 만든 것입니다. 기력을 소진해 몸살이 도졌을 때 특히 도움될 거라고 하더군요. 그러니 남기지 말고 드십시오."

일라가 지소의 얼굴에서 본 그늘은 연민이었다.

가을을 맞은 수정궁이 단풍이 든 나뭇잎으로 노랗고 붉게 타올랐다.

일라는 마리와 함께 돌계단을 올라 검은 자작나무 들판에 섰다. 그들은 절벽 앞에서 미지의 북쪽으로부터 속삭이듯 불어오는 호수의 바람을 맞았다. 자작나무 잎사귀가 바람에 흔들려 물결치듯 넘실거렸다.

광성창원을 다녀온 후 마리와 어리는 기력을 잃긴 했어도, 평소와 크게 다르지 않아 보였다.

그러나 여전히 고운 어리의 얼굴에 전에 없던 수심이 드리워진 걸 알아챈 일라는 그녀가 마주한 진실이 무엇이었는지 묻지 않았다.

마리는 일라를 위해 입을 다물었다.

그녀는 안후 여왕의 붕어 직후 정치 비사를 조사 중이었다. 담혜의 죽음에 관해 어느 정도 눈치채고 있던 것 같았다.

일라는 광성창원에서 보았던 진실을 누구에게도 말하지 않았다. 검은 호랑이가 일라에게 보여준 진실은 담혜의 죽음이 아니었다.

담혜의 죽음에 관한 진실은 일라의 마음 깊은 곳에 도사리고 있던 오래된 의혹이었다. 일라가 돌계단의 결계를 부수고 수정 호수로 떨어졌을 때 그녀의 머릿속을 스쳐간 여인은 피를 뿜으면서 죽었다.

자해 또는 타살이었다.

일라는 후자에 무게를 두었다.

어린 일라를 바라보던 담혜의 얼굴에는 죽음을 각오한 인간의 결연함 같은 것이 서려 있었지만, 그녀가 홀로 그 일을 감당했던 건 아닐 거라고 생각했다.

지소의 대답은 일라의 의혹을 확증해 주었다. 담혜의 죽음은 왕후의 시해 사건이었다. 그런데도 기록에 남지 않았던 이유는 오직 하나, 살인자가 가장 고귀한 권력을 가진 인물이기 때문이었다.

비록 기억이 지워졌지만 일라는 살인 목격자였다.

일라의 가슴 깊숙한 곳에는 머릿속을 스친 짧은 기억보다 훨씬 더 강한 인상이 숨겨져 있었다.

하지만 일라는 그들을 알지 못했다. 당장은 생면부지

의 남과 다를 바 없었다.

일라를 죽음 직전까지 몰고 갔던 원인 모를 열병은 그녀가 살인자이자 피해자의 딸이라는, 견딜 수 없는 사실로부터 일라를 완벽하게 보호해 주었다.

그날 광성창원에서 일라가 보았던 진실은 전혀 다른 것이었다.

어두운 밤, 그녀는 어느 깊은 숲속에 있었다.

아름다운 숲이었지만 불길한 전쟁의 냄새가 배어 있었다. 그것은 귀족과 평민을 가리지 않는 파괴와 죽음의 냄새였다.

목이 잘리고 팔다리가 부러지고 끓는 기름에 몸이 태워지고 두개골이 으스러지는 참혹한 전투에서 수많은 창병과 기병과 궁수들, 그리고 군인이 아닌 자들이 절망 속에서 죽어갔다.

그들의 터전이 남김없이 불태워졌다.

숲을 넘어 멀리 떨어진 곳에 숙영지가 있었다. 그곳에는 전장에서 탈취한 갑옷과 고향으로 귀환할 수 없는 시체가 쌓여 있었다.

전투를 마친 장수들과 그들의 주인이 묵을 침소를 정리하는 심부름꾼과 하인들, 죽어가는 부상자를 돌보는 민간인도 있었다.

하얀 눈이 대지에 소복하게 쌓였다.

군데군데 검은 속살을 드러낸 두껍고 하얀 자작나무 기둥이 눈으로 덮인 들판 위에 아무렇게 꽂아놓은 것처럼 서 있었다. 앙상한 나뭇가지마다 눈이 쌓였고 길은 보이지 않았다.

일라는 얼어붙은 강가에서 시체처럼 보이는 누군가의 몸을 끌어안고 있었다.

늘어트린 일라의 검은 머리칼이 마구 헝클어져 있었다. 그녀의 옷은 여기저기 찢기고 더러웠다. 용케 신발을 신고 있지만 여러 번 진창을 뒹군 듯 머리카락과 얼굴에 지저분한 검댕이 붙어있었다. 팔다리와 몸에는 얼어붙은 상처가 있었다.

일라는 자신의 팔 안에서 의식을 잃고 눈을 감고 있는 남자가 아맥의 소년 장수, 을지사아라는 걸 한눈에 알아보았다.

핏덩어리로 얼룩진 천을 여러 번 감싼 얼굴이 죽은 듯 핏기가 없었다. 옷에는 선혈이 낭자했다.

그는 목숨이 완전히 끊어지지 않은 듯 미약하게 숨 쉬고 있었다. 하지만 살아날 가능성은 크지 않았다. 피를 너무 많이 흘린 것 같았다.

숲을 가로지르는 싸늘한 바람이 물 흐르는 소리를 내면서 귓가에 윙윙거렸다. 그 바람이 누군가의 목소리를 전해주었다.

일라는 부치는 힘으로 사아를 끌며 바람이 불어오는 방향으로 힘겹게 발을 옮겼다.

해가 진 밤이었지만 빛나는 달빛과 새하얀 눈밭이 시야를 밝혀주었다.

일라는 줄곧 검은 호랑이가 보여준 진실 속에 왜 사아가 존재하는지, 아니, 그녀가 진정으로 알고자 했던 진실이 왜 사아였는지를 고심했다.

검은 보석 같은 눈동자를 가진 그 소년은 지금쯤 주나 어딘가에서 끔찍한 살육의 피바람을 일으키며 수도 중경을 향해 나아가고 있을 것이다. 그도 이따금 눈을 들어 밤하늘의 별을 바라볼까, 궁금했다.

일라는 호수의 거칠 것 없는 바람을 정면으로 마주한 마리를 향해 입을 열었다.

"기억나? 아맥의 황태자가 내게 고래 같다고 했을 때 언제나 침착했던 네가 그만 참지 못하고 성냈던 거."

"어떻게 잊을 수 있겠어요. 제 목을 달아날 뻔한 날이 었는데요."

마리가 싱긋 미소 지으며 대답했다.

"나도 네가 죽는 줄 알았어."

"하늘이 도왔죠. 지금 생각해도 제가 어떻게 목숨을 부지했는지 모르겠습니다. 태자 전하께서 칼을 거두리라고는 생각도 하지 못했어요. 그저 여기서 이렇게 죽는구나, 눈앞이 깜깜했죠."

"하마터면 나 때문에 억울하게 죽을 뻔했잖아. 생각할수록 정말 아쩔해."

일라와 마리는 소리 없이 웃었다.

두 소녀는 서로 엇비슷하게 보였다. 둘 다 날씬한 체격에 긴 팔다리와 섬세한 이목구비를 가졌다. 일라에 비해 다소 색이 짙은 얼굴을 한 마리가 좀 더 날카롭고 단단해 보였다. 확연하게 구분되는 건 머리색이었다. 일라의 머리카락은 검고 길었다. 반면 마리의 머리색은 밝은 개암색을 떠었다.

마리가 일라의 말에 대꾸했다.

"왕녀님을 위해 죽는다면 그저 억울한 죽음만은 아닐 거예요. 최소한 누군가를 위해 무언가를 했으니까요."

"마리, 지소부인이 너에게 말했잖아. 무엇보다 너 자신을 돌보라고. 그렇게 간단하게 죽음을 말해선 안 돼."

"저도 알아요. 죽음을 함부로 여겨서는 안 된다는 사실을요. 하지만 죽을 거라는 두려움 때문에 아무것도 하지 못한 채 마지막을 맞고 싶진 않아요"

마리가 미동 없이 호수를 바라보았다.

"저의 부모님과 남동생은 제 눈앞에서 불타 죽었어요. 그때 저는 너무나 무서워서 땅속에 묻어둔 물고기 바구니에 숨어 옴짝달싹 못 한 채 그걸 지켜볼 수밖에 없었어요. 숨소리조차 낼 수 없었죠. 밤이 되고, 낮이 되었지만 숨어있는 곳에서 한 발짝도 움직이지 못했습니다. 다시 밤이 지나서 낮이 되고, 그것이 몇 번이나 되풀이되었는지 알 수 없었을 때 낯선 말소리를 들었어요. 소본의 언어였어요. 소본 사람들이 제게 손을 내밀어 주었죠. 그 순간, 저의 길은 정해진 것과 다름없었습니다. 두 번 다시 그런 일을 겪지 않겠다고 다짐했으니까요. 저는 사랑하는 사람들이 죽어가는 모습을 그냥 보고만 있진 않을 거예요. 무슨 짓을 해서라도 지킬 겁니다."

마리는 일곱 살이 되던 해, 지소를 만났다.

마리가 말을 이었다.

"소본은 아름다운 땅이에요. 가능하면 이곳을 떠나고 싶지 않았어요. 제가 태어난 가난한 바닷가와는 딴판이에요. 아맥이나 주나처럼 부유하지 않지만, 그렇다고 굶어 죽는 백성이 흔하지도 않아요. 고문도 없고 세금을 내지 못한 이들의 목을 잘라 보란 듯 전시하지도 않죠. 어디서나 사람 사는 건 모두 비슷하다고 하지만, 그렇지 않습니다."

마리는 늦은 오후의 햇빛으로 빛나는 일라의 옆얼굴을 보았다.

"왕녀님, 소본을 떠나 아맥으로 가신다면 생각보다 훨씬 더 끔찍한 현실과 마주하게 될 거예요. 그곳은 소본과 달라요."

일라가 말했다.

"기억을 잃고 처음 눈을 떴을 때, 이 수정궁이 마치 감옥처럼 느껴졌었어. 그런데 사실은 여기가 나의 유일한 울타리였는지도 모르겠어."

그러나 이곳 수정궁에는 일라가 있어야 하는, 일라의 자리가 존재하지 않았다.

일라는 이 세상이 낯설었다.

어딘가 자신이 살던 익숙한 곳에서 억지로 뜯겨 나와, 덩그러니 내동댕이쳐진 듯한 외로움과 향수를 느꼈다.

일라는 이곳에 속하지 못했다. 그 사실이, 일라의 마음을 아프게 만들었다.

일라는 광성창원에서 목도했던 전쟁의 끔찍한 참상을 다시 떠올렸다. 그 참혹함이 일라가 알기 원했던 진실이었다.

그녀 안에 숨겨진, 깊이를 알 수 없는 어둠은 세상과 연결되어 있었다.

일라의 어둠은 세상을 할퀴고 사람들을 혼돈 속으로 몰아넣을 것이다.

일라는 자신이 사악한 마녀이며, 아맥의 형부로부터 사형을 언도받을 것이라는 어둠의 연대기를 떠올렸다.

일라에게는 자신의 어둠과 정면으로 대면해야 할 의무가 있었다.

하지만 그것은 어디까지나 나중 일이었다.

당장은 지소와 약속한 기한을 지켜야 했다. 너무나 짧은 시간이었다. 과연 반년 만에 마법을 다룰 수 있을지 알 수 없었다.

일라는 애써 희망을 놓지 않았지만, 가능성은 크지 않

앉다.

수면 위로 반짝거리는 햇빛을 바라보던 일라가 눈이 부신 듯 얼굴을 돌리면서 마리에게 물었다.

"마리, 넌 고래를 본 적이 있니?"

"네. 여러 번 보았죠."

"어떻게 생겼어? 정말 황태자가 비웃을 정도로 흉측한 바다짐승이었어?"

"아니요. 절대 그렇지 않아요."

마리가 고개를 가로저었다.

바다를 유영하는 커다란 생물은 가슴 쪽에 긴 지느러미가 있었다. 배 부분이 새하얗고 등 쪽 숨구멍에서 물과 공기가 뿜어져 나왔다. 길고 웅장한 울음소리가 마치 악기를 연주하는 것처럼 신비스럽고 아름다웠다.

일라는 그런 고래를 본 것만 같았다.

"사람들은 이 수정 호수가 바다 같다고 하는데, 진짜 바다를 본 적이 없어서 모르겠어. 한번 보고 싶어."

"왕녀님, 언젠가 바다를 보실 수 있을 거예요."

마리가 무언가 더 말하려다가 목 끝까지 올라온 목소리를 삼키고 더는 입을 열지 않았다.

일라도 알고 있었다.

그녀 또한 '그때에도 네가 옆에 있었으면 좋겠어.'라는 말을 하지 않았다.

그것은 입 밖으로 내기엔 너무 소중한 말이었다.

일라는 돌계단을 내려가 명선당으로 향했다.

명선당 조제실은 온갖 약재 내음으로 가득했다. 약을 제조하는 탁자 위로 잡동사니가 쌓여 어수선했다.

일라는 이태와 함께 호젓한 가을 길을 걸었다. 전각을 지나는 길목마다 물기 없는 찬바람에 떨어진 낙엽이 수북했다. 일라의 발밑에서 사그락거리며 낙엽 밟는 소리가 들렸다.

이태가 뒤따르던 의녀에게 살짝 고갯짓했다. 둥근 눈매와 옅은 눈썹을 가진 의녀는 이태의 딸, 설유였다.

전체적으로 둥그스름한 인상을 주는 설유는 일라에게 깊이 허리 숙였다. 그녀는 약주머니와 작은 꾸러미를 마리에게 챙겨준 뒤 조제실 안으로 들어갔다. 연한 칠을 한 나무 문이 닫히기 전에 설유는 호기심 어린 눈으로 일라를 슬쩍 살폈다.

이태의 무심한 얼굴에 가을 햇살이 내리쬐었다.

"왕녀님께서 학업과 수련에 정진하고 계시다는 소식을 지소부인으로부터 전해 들었습니다. 잘하셨습니다.

계속 수련에 정진하세요. 아무 짝에 쓸모없는 수련이라도 괜찮습니다. 과정은 곧 모든 의미가 될 것입니다. 본질을 온전하게 느끼면서 예리하게 깨어있을 수 있어야 합니다. 그래야만 왕녀님 앞에 놓인 길을 발견하실 수 있을 겁니다. 왕녀님, 아직 다가오지 않은 미래를 지나치게 걱정하지 마십시오. 어쨌든 왕녀님은 제 몫을 다 하시는 중이니까요."

이태는 언제나 일라의 마음을 꿰뚫어 보는 듯 그녀에게 가장 필요한 말을 가장 정확한 순간에 했다. 어쩌면 감정을 이해하는 능력이야말로 이태의 타고난 마야인지도 몰랐다.

일라는 조용히 고개를 끄덕였다.

일어나게 될 일은 반드시 일어날 것이다.

그것은 예상치 못한 순간에 예상치 못한 계기로 촉발될 터였다. 그때까지 그녀는 비록 눈에 보이는 성과가 없더라도 지금의 순간을 반복해야 했다.

이듬해 봄, 일라의 열여섯 탄생일 직전에 아맥으로부터 입궁령이 도착했다. 예상보다 1년이나 이른 시기였다. 아맥의 수도 아르에서 어머니를 살해한 아버지, 함달이 그녀를 기다리고 있었다.

수정 호수의 바람이 일라의 등을 떠밀었다. 이제 바다로 나아가야 할 때였다.

2년 전 아맥의 붉은 황태자가 소본에서 마주한 온순한 어린 왕녀는 사라지고 없었다.

두려움과 분노로 성장한 왕녀가 장차 무엇을 하게 될지 짐작하기 어려웠지만 어쨌든 일라는 그것을 향해 주저 없이 가겠노라 마음먹었다.

〈1권 끝〉

일라 이야기
수정 호수의 마녀 1

초판 1쇄 발행 2023년 10월 20일

지은이 사트

펴낸곳 요가와 책
출판등록 2021년 11월 18일 제2021-000048호
전화 070 7755 2578
이메일 the8work@gmail.com
인스타그램 @yogawa_cheag

©사트, 2023

ISBN 979-11-977799-5-4
ISBN 979-11-977799-4-7(세트)

값 14,500원